# TODA NUDEZ SERÁ CASTIGADA

# NELSON RODRIGUES

# TODA NUDEZ SERÁ CASTIGADA

Tragédia em três atos
1965

4ª edição
Posfácio: Renato Rosa

EDITORA
NOVA
FRONTEIRA

© Copyright 1965 by Espólio de Nelson Falcão Rodrigues

Direitos de edição da obra em língua portuguesa no Brasil adquiridos pela EDITORA NOVA FRONTEIRA PARTICIPAÇÕES S.A. Todos os direitos reservados. Nenhuma parte desta obra pode ser apropriada e estocada em sistema de banco de dados ou processo similar, em qualquer forma ou meio, seja eletrônico, de fotocópia, gravação etc., sem a permissão do detentor do copirraite.

EDITORA NOVA FRONTEIRA PARTICIPAÇÕES S.A.
Rua Candelária, 60 — 7.º andar — Centro — 20091-020
Rio de Janeiro — RJ — Brasil
Tel.: (21) 3882-8200

DADOS INTERNACIONAIS DE CATALOGAÇÃO NA PUBLICAÇÃO (CIP)

R696t
    Rodrigues, Nelson,
        Toda nudez será castigada/Nelson Rodrigues. – 4.ed. – Rio de Janeiro : Nova Fronteira, 2021.

    176 p.; 13,5 x 20,8cm.

    ISBN: 978-65-5640-337-3

    1. Literatura brasileira. II. Título.

CDD: B869
CDU: 821.134.3(81)

André Queiroz – CRB-4/2242

## SUMÁRIO

Programa de estreia da peça .................................................. 7
Personagens ............................................................................ 9
Primeiro ato ........................................................................... 11
Segundo ato ........................................................................... 61
Terceiro ato ............................................................................ 109

*Posfácio* ................................................................................. 167
*Sobre o autor* ........................................................................ 171

Programa de estreia de Toda nudez será castigada,
apresentada no Teatro Serrador,
Rio de Janeiro, em 11 de junho de 1965.

### ALUIZIO LEITE GARCIA E JOFRE RODRIGUES
apresentam

de Nelson Rodrigues

# TODA NUDEZ SERÁ CASTIGADA

Personagens por ordem de entrada:

| | |
|---:|---|
| HERCULANO | Luís Linhares |
| NAZARÉ | Jacyra Costa |
| PATRÍCIO | Nelson Xavier |
| TIA N.º 1 | Elza Gomes |
| TIA N.º 2 | Antonia Marzullo |
| TIA N.º 3 | Renée Bell |
| GENI | Cleyde Yaconis |
| ODÉSIO | Olegário de Holanda |
| SERGINHO | Enio Gonçalves |
| MÉDICO | Alberto Silva |
| PADRE | Ferreira Maya |
| DELEGADO | José Maria Monteiro |

Direção de *Ziembinski*
Cenário e figurinos de *Napoleão Moniz Freire*

## PERSONAGENS

Herculano
Nazaré
Patrício
Tia n.º 1
Tia n.º 2
Tia n.º 3
Geni
Odésio
Serginho
Médico
Padre
Delegado

# PRIMEIRO ATO

*(Herculano chega em casa. Tem um certo cansaço feliz.)*

        HERCULANO   *(gritando)* — Geni! Geni!

*(Aparece a criada negra.)*

        NAZARÉ — Veio mais cedo, dr. Herculano?
        HERCULANO — Nazaré, cadê d. Geni?
        NAZARÉ — Saiu.
        HERCULANO — Mas eu avisei! Telefonei do aeroporto dizendo que já podia tirar o jantar.
        NAZARÉ — Pois é.
        HERCULANO — Foi aonde?
        NAZARÉ — Não disse.

HERCULANO  (*entre espantado e divertido*) — Que piada!

NAZARÉ  — Ah, mandou entregar isso ao senhor.

*(Ao mesmo tempo, Nazaré apanha em cima do móvel um embrulho.)*

HERCULANO  (*falando à criada*) — Estou com uma fome danada! É um caso sério! Mas o que é?

NAZARÉ  — Isso aqui.

HERCULANO  (*recebendo o embrulho*) — E, nem ao menos, deixou recado?

NAZARÉ  — Comigo não deixou.

*(Herculano, intrigadíssimo, abre o embrulho.)*

HERCULANO  — Fita de gravação! *(não entende)* Boazinha!

NAZARÉ  — D. Geni disse para o senhor não deixar de ouvir o disco.

HERCULANO  — Que disco? Ah, a fita! *(muda de tom)* Nazaré, deixa de brincadeira. Ela está aí, não está aí?

NAZARÉ — Não estou brincando.

HERCULANO *(num rompante)* — Geni! Geni!

NAZARÉ *(rindo)* — Juro!

HERCULANO — Vai buscar o aparelho, vai. Isso é algum palpite. Apanha lá.

*(Nazaré obedece.)*

HERCULANO — Agora me lembro. Me dá isso aqui. Geni me disse, no telefone, que tinha uma surpresa para mim, não sei o quê. Surpresa.

*(Ao mesmo tempo que fala, Herculano está colocando a fita. Sem pressa e divertido.)*

HERCULANO *(examinando o aparelho)* — Ela está aí, sim. Aposto a minha cabeça. Quero ser mico de circo. De que você está rindo?

NAZARÉ — Estou rindo, porque o senhor não está acreditando, dr. Herculano. Saiu!

*(A fita está colocada. Herculano aperta pela primeira vez o botão. Sons esquisitíssimos de fita invertida. Para e vira-se para Nazaré.)*

| | |
|---|---|
| HERCULANO | — Olha, vai fazer um cafezinho rápido. |
| NAZARÉ | — Carioquinha? |
| HERCULANO | — Bem carioquinha. |
| NAZARÉ | — Melhorou do estômago? |
| HERCULANO | *(entretido no aparelho)* — Assim, assim. Esses médicos são umas bestas! *(muda de tom)* Melhor um pouco, sei lá. Mesma coisa. Chispa, vai buscar o café. |

*(Sai Nazaré. Então, sozinho, Herculano assovia e prepara-se para ouvir a gravação. Apaga-se o palco. Nas trevas, ouve-se a voz de Geni.)*

| | |
|---|---|
| GENI | — Herculano, quem te fala é uma morta. Eu morri. Me matei. *(ao mesmo tempo que Geni fala, ilumina-se parte do palco. Aparecem Patrício e as tias. Enquanto durar a fala de Geni, Patrício e as tias permanecerão imóveis e mudos)* |
| GENI | — Herculano, ouve até o fim. Você pensa que sabe muito. O que você sabe é tão pouco! *(com triunfante crueldade) (violenta)* |

Há uma coisa que você não sabe, nem desconfia, uma coisa que você vai saber agora, contada por mim e que é tudo. Falo pra ti e pra mim mesma. *(dilacerada) (ressentida e séria)* Escuta, meu marido. Uma noite em tua casa.

*(Patrício lê jornal. Tias começam a falar.)*

| | |
|---|---|
| TIA Nº 1 | — Vai depressa chamar o padre Nicolau! |
| PATRÍCIO | — É tarde pra chuchu! |
| TIA Nº 2 | — Padre não tem hora! |
| TIA Nº 1 | — Anda! |
| PATRÍCIO | — Não se pode nem ler jornal. |
| TIA Nº 3 | — Ou você prefere que seu irmão morra? |
| PATRÍCIO | — Padre não é médico! |
| TIA Nº 1 | — O que Herculano tem não é doença, é desgosto. |
| TIA Nº 3 | — Basta de morte na família! |
| PATRÍCIO | — Mas titia! A senhora não achava bonito o viúvo que se mata? Viúvo que tem tanta |

|  |  |
|---|---|
|  | saudade da mulher que mete uma bala na cabeça? |
| TIA Nº 3 | — Não venha com seu deboche! |
| TIA Nº 2 | — Herculano é o chefe da família. Não pode morrer. |
| PATRÍCIO | — Vou chamar o padre Nicolau! |
| TIA Nº 1 | — Diz que vai e continua sentado! |
| TIA Nº 2 | — Você não gosta de Herculano! |
| TIA Nº 3 | — Odeia o irmão! |

*(Patrício abandonou o jornal. Ergue-se.)*

|  |  |
|---|---|
| PATRÍCIO | *(com evidente ironia)* — Mas odiar sem motivo? Ele nunca me fez nada! Só na minha falência é que Herculano podia ter evitado tudo com um gesto, com uma palavra. *(incisivo)* Mas não fez o gesto, nem disse a palavra. E eu fui pra cucuia! *(ofegante)* Mas são águas passadas! |
| TIA Nº 1 | — Você vai ou não vai? |
| PATRÍCIO | — Vou. *(sumário)* Dinheiro pro táxi. |

TIA Nº 1    *(tirando uma nota do seio) —* Toma, mas não demora!

PATRÍCIO    *— Bye! Bye!*

TIA Nº 3    — Não demora!

*(Patrício sai e, em seguida, volta.)*

PATRÍCIO    — Tive uma ideia genial! Me lembrei de uma mulher que talvez salve Herculano mais depressa que o padre. Uma mulher que.

TIA Nº 1    *(rápida) —* Espírita?

PATRÍCIO    *(desconcertado) —* Se é espírita? *(disfarçando)* Não vou entrar em detalhes. Mas pode ser a solução.

TIA Nº 3    *(furiosa) —* Nós queremos o padre Nicolau!

*(Escurece o palco. Luz no quarto de Geni. Entra Patrício. Cama desarrumada. Travesseiro no chão.)*

PATRÍCIO    — Geni, deixa eu usar teu telefone um instantinho!

GENI    — É rápido?

PATRÍCIO  *(discando)* — Um minuto!

GENI  — Estou esperando um interurbano.

PATRÍCIO  *(para ela)* — Ligação lá pra casa. *(fala com a pessoa que atende)* Alô, titia? Sou eu. Olha. Passei no padre Nicolau, mas ouviu? Ele não pode ir. Está com asma. Asma, titia. Um acesso brabo. Mas escuta, escuta. Estou na casa daquela senhora. Sim, da tal senhora. É, exato. Vou falar, sim. Tchau.

GENI  — Que senhora é essa?

PATRÍCIO  — Você, quem havia de ser? Senhora, perfeitamente.

GENI  — Eu, hem?

PATRÍCIO  *(cantarolando o bolero)* — Senhora, te chamam senhora! *(sem transição)* Geni, eu preciso de um favor teu de mãe pra filho caçula!

GENI  — Outra surubada eu não faço, por dinheiro nenhum!

PATRÍCIO  — Não é nada disso. O negócio agora é sério!

GENI — Apanha esse travesseiro, apanha. *(Patrício obedece)*

PATRÍCIO — O negócio é o seguinte.

GENI *(interrompendo)* — Você sabe quanto é que está me devendo?

PATRÍCIO — Mas eu pago, pode deixar, que eu pago.

GENI — Paga mesmo, porque estou dura, sabe como é.

PATRÍCIO — Mas escuta. É meu irmão.

GENI — O tal?

PATRÍCIO — O Herculano.

GENI — A mulher morreu?

PATRÍCIO — Exato. Ficou viúvo.

GENI — Opa. Então, é o melhor partido do Brasil. Dinheiro ali é. Me diz uma coisa: — é verdade que a mulher morreu de?

PATRÍCIO — Câncer. No seio. *(sem transição)* Onde está o cinzeiro?

GENI *(procurando)* — Tiraram. Põe ali. *(muda de tom) (e com novo interesse)* Câncer no seio é fogo!

PATRÍCIO — De amargar!

GENI    *(meio alada e não sem certa doçura)* — O melhor você não sabe. Tenho uma cisma que vou morrer de câncer no seio.

PATRÍCIO    — Que palpite besta!

GENI    *(veemente)* — Fora de brincadeira! *(com certo arrebatamento)* Tive uma tia, solteirona. Bonita, não sei por que não se casou. E morreu. Perdeu um seio, depois o outro. Era eu quem tratava dela. Me lembro do dia em que me chamou: — "Geni, vem cá, vem ver." Tirou o seio e me mostrou. Vi um carocinho. Era a doença.

PATRÍCIO    — Assunto chato!

GENI    *(com certa unção)* — Sou meio fatalista! *(muda de tom)* Mas a mulher do teu irmão, a que morreu, era bonita?

PATRÍCIO    — A minha cunhada? Um bucho!

GENI    — Tinha um seio bonito?

PATRÍCIO    — Não faço fé.

GENI    — Quer saber de um negócio? A coisa mais difícil é um seio

|  | bonito. *(com uma graça triste)* O meu, é? *(muda de tom)* Se há uma coisa que eu tenho bonito é o seio. |
|---|---|
| PATRÍCIO | — Sua mascarada! |
| GENI | *(sonhadora)* — Sei que, um dia, vou descobrir no seio. *(Geni abre a blusa e apanha o seio)* Uma ferida como a da minha tia. |
| PATRÍCIO | — Geni! Não fala assim que dá azar! |
| GENI | — Falo. |
| PATRÍCIO | — Onde é que eu estava? Ah, minha cunhada era feia pra burro. Mas eu noto que os buchos até que dão sorte. Ela foi a única mulher — a única! — que o meu irmão conheceu, carnalmente falando. |
| GENI | — Nem antes? |
| PATRÍCIO | — A única até hoje! Como o Herculano, eu nunca vi. Nunca tomou um porre. Só tomou um, uma vez, e quase, quase. |
| GENI | — Quem se casar com ele vai ganhar uma nota alta. Tua |

cunhada morreu e que fim levou teu irmão?

PATRÍCIO — Você nem imagina!

GENI — Você me pede o cinzeiro e põe cinza no chão.

PATRÍCIO — Desculpe. Mas compreendeu?

GENI — Olha o cinzeiro!

PATRÍCIO — Meu irmão está lá, cada vez mais viúvo. Mandou todos os ternos pra tinturaria. O único luto do Brasil.

GENI — E daí?

PATRÍCIO — Daí as minhas tias estão apavoradas. Eu tenho uma família só de tias. É tia por todo o canto. E elas têm medo de que, de repente, o mano meta uma bala na cabeça. Mandaram chamar o padre Nicolau, que está com asma. Eu então, a título de piada, disse que conhecia uma senhora etc. e tal.

GENI — Mas a mulher não era chata?

PATRÍCIO — Até que se prove que era chata! *(muda de tom)* Herculano não pode morrer. Cada tostão que eu gasto depende dele. Ele me esculhamba mas solta a erva. *(num apelo)* Geni, tu vais me salvar a pátria!

GENI — Mas como salvar a pátria?

PATRÍCIO *(exaltando-se)* — Eu sou o cínico da família. E os cínicos enxergam o óbvio. A salvação de Herculano é mulher, sexo! *(triunfante)* Para mim, não há óbvio mais ululante!

GENI — Que conversa! Um sujeito cheio da gaita, não há de faltar mulher.

PATRÍCIO — Você parece burra! Eu não digo qualquer mulher. Quer saber de uma coisa? De cada mil mulheres, só uma não é chata sexual. Novecentas e noventa e nove são chatérrimas.

GENI — Quer dizer que eu não sou chata?

PATRÍCIO *(delirante)* — Na cama não! *(muda de tom)* Eu sou lapidar. Para Herculano, que é um semivirgem — tem que ser mulher da zona! Como você! *(radiante)* Estou ou não estou sendo lapidar?

GENI — Que idade tem seu irmão?

PATRÍCIO — Quarenta e dois.

GENI — Está gasto?

PATRÍCIO — Gasto, como? Não te disse que ele é uma semivirgindade? Não sabe nada. Geni, você pode ensinar a ele o diabo! O diabo! O meu papel é trazer o Herculano aqui. Não sei como, nem se é possível trazer o bicho aqui, tem que ser aqui. O local precisa ser escrachado.

GENI — E o que é que eu ganho com isso?

PATRÍCIO — Calma, calma! Te prometo que. Mas olha. Me dá aquela fotografia, que você tirou nua. Aquela.

GENI — Pra quê?

PATRÍCIO — O seguinte. Como quem não quer nada, eu deixo lá. *(Geni apanha a fotografia)*

GENI — Só tenho essa cópia.

PATRÍCIO — *(depois de olhar e guardando)* — Devolvo, só quero ver a reação.

GENI — Mas vem cá. Teu irmão é pão-duro como você?

PATRÍCIO — Eu não sou pão-duro. Da família, quem tem menos sou eu. Perdi tudo, na falência. Mas olha. Se o Herculano vier, você, aos pouquinhos, pode fazer sua independência.

GENI — Vou ser franca contigo.

PATRÍCIO — Deixa de ser mercenária, Geni.

GENI — Não, senhor! Caridade eu não faço! *(muda de tom)* Você precisa saber que eu estou comprando um apartamento. Na planta. Vai ter reajustamento, o diabo. Sabe quanto é a entrada? E tenho que dar dinheiro na semana que vem. O homem disse que não esperava nem um minuto.

PATRÍCIO — *(berrando)* — Geni, meu irmão é um casto. E o casto é um obsceno. Essa fotografia vai ser um tiro!

*(Escurece o palco. Ouve-se a voz gravada de Geni.)*

GENI — Herculano, você me interessou de cara. Te confesso. Talvez porque havia uma morta. Uma morta entre nós dois. E a ferida no seio. Eu não sou como as outras. Eu mesma não me entendo. Aos seis, sete anos, eu vi um cavalo, um cavalo de corrida. Senti então que não há ninguém mais nu do que certos cavalos.

*(Ilumina-se o palco lateral. As três tias escutando na porta.)*

TIA Nº 3 — Oh, meu Deus! Os dois trancados, há meia hora!

TIA Nº 1 *(para a tia mais velha)* — Vai lá espiar! Vai, anda!

TIA Nº 2 — Tenho medo!

TIA Nº 3 — Ora!

TIA Nº 1 *(ao mesmo tempo)* — De quê? Medo de quê?

TIA Nº 2 *(no seu pânico)* — De Patrício. *(muda de jeito)* Sonhei que

Patrício matava Herculano. Foi um sonho que eu tive.

TIA Nº 1 — Você com seus sonhos! *(furiosa)* E para de sonhar!

TIA Nº 2 *(como uma débil mental)* — Não foi sonho, foi pesadelo!

TIA Nº 1 *(enérgica)* — Olha aqui. Presta atenção. Nunca que Patrício teria coragem de levantar um dedo para Herculano. Patrício que se faça de tolo. Herculano dá-lhe na boca, assim!

TIA Nº 2 — Eu não queria sonhar nunca mais. No sonho, só vejo parentes morrendo, e Herculano é quem morre mais.

TIA Nº 1 *(sem ouvi-la)* — Patrício levou uísque. Diz que é bom para o coração.

*(Ilumina-se o palco. Patrício e Herculano estão em cena. Herculano, de barba crescida, olho incandescente, Patrício traz uma garrafa de uísque.)*

PATRÍCIO — Vai?

HERCULANO *(meio alado)* — Onde?

| | |
|---|---|
| PATRÍCIO | — Lá? |
| HERCULANO | *(furioso)* — Na tal Geni? |
| PATRÍCIO | — Uma ótima pequena! |
| HERCULANO | — Patrício! Se você não fosse meu irmão, eu te partia a cara! |
| PATRÍCIO | — Herculano, olha. Não tem sentido. Escuta. |
| HERCULANO | *(num berro)* — Saia daqui! |
| PATRÍCIO | — Herculano. |
| HERCULANO | *(com a voz estrangulada para si mesmo)* — Me convidar, ter essa coragem — pra ir à zona! |
| PATRÍCIO | — Não é zona. *Rendez-vous* de gabarito. E a Geni não é o que você pensa! |
| HERCULANO | — Uma prostituta! |
| PATRÍCIO | — Não vamos fazer um bicho de sete cabeças. Não é, não é como as outras! |
| HERCULANO | *(desesperado)* — Vagabunda é vagabunda! |
| PATRÍCIO | — Fez o científico. Com Geni, se pode conversar. Humana, entende? E vou te dizer mais! Não conheci, até hoje, uma mulher mais humana. |

HERCULANO  *(febril)* — E está lá por quê?

PATRÍCIO  — Sei lá. Azar.

HERCULANO  *(triunfante)* — Vírgula! Assim como se nasce poeta, ou judeu, ou bombeiro — se nasce prostituta!

PATRÍCIO  — Isso não resiste a um.

HERCULANO  — E outra coisa.

PATRÍCIO  — A Geni.

HERCULANO  *(cortando)* — Por que teu interesse? Você quer me levar lá por que e a troco de quê! Fala!

PATRÍCIO  — Estou te ajudando, querendo te ajudar.

HERCULANO  *(num berro)* — Cínico!

PATRÍCIO  *(persuasivo)* — Não ganho nada com isso. Ganho alguma coisa?

HERCULANO  — O que é que uma prostituta pode me dar?

PATRÍCIO  — É simples, tão simples! Pode te dar *(vivamente)* num sorriso, numa palavra, num gesto, sei lá. Pronto: relação humana. Você, Herculano, está aí nessa dor burra. Isso não é nem viril. Você sofre, muito bem. E daí? Uma dor idiota que não conduz a nada.

HERCULANO — *(taciturno)* — Sofro pouco. Devia sofrer mais.

PATRÍCIO — — Você quer morrer?

HERCULANO — *(triunfante)* — Agora você disse tudo. Morrer. Só não meto uma bala na cabeça — por causa do meu filho. Só. *(começa a chorar)* Eu devia estar enterrado com a minha mulher.

PATRÍCIO — — Ou você não percebe que essa inércia é uma degradação?

HERCULANO — *(desatinado)* — O que é que você entende de degradação? Você que.

*(Herculano agarra Patrício pela gola do paletó.)*

PATRÍCIO — — Olha! Faz alguma coisa! Ao menos, bebe! Bebe, pronto!

HERCULANO — *(atônito)* — Foi por isso que você trouxe essa garrafa?

PATRÍCIO — *(exultante)* — Toma um porre! Você está cheirando mal, apodrecendo!

HERCULANO — *(num crescendo)* — Beber? Ah, você quer que eu beba? Sabendo que eu não posso tocar em álcool? Eu só bebi uma vez, aquela vez. Você viu como eu fiquei. *(agarra o irmão pela gola do paletó)* Bêbado, eu posso ser assassino, incestuoso. Agora você vai dizer, na minha cara — vai dizer se gosta de mim! *(os dois irmãos estão cara a cara)*

PATRÍCIO — Estou querendo te salvar.

HERCULANO — Ou é ódio?

PATRÍCIO — Pena!

HERCULANO — Ódio! De mim! Das nossas tias, de nossa família. Ódio, ódio!

PATRÍCIO — Vou deixar esta garrafa.

HERCULANO — Tira isso daí.

PATRÍCIO — Um momento.

HERCULANO — Tira.

PATRÍCIO — Calma. Eu também trouxe uma fotografia. Retrato da Geni. Pra você conhecer. Olha. Está aqui em cima da mesa. Dá uma olhada. A Geni fez o científico. Até logo.

*(Patrício para na porta.)*

PATRÍCIO   *(quase doce)* — Herculano, olha a fotografia e toma o teu porre.

*(Luz sobre Geni. Está fora do quarto, limpando as unhas.)*

GENI   — Odésio! Odésio!

*(Aparece o garçom afeminado.)*

ODÉSIO   — Fala, meu amor!

GENI   *(hesitante)* — Odésio, olha. Vem cá.

ODÉSIO   — Teu boneco acordou?

GENI   *(sem ouvi-lo)* — Chispa e traz um sanduíche!

ODÉSIO   — Deixa eu dar uma espiada no teu boneco?

GENI   *(gritando, com falsa cólera)* — Não deixo nada, seu sem-vergonha! Vai buscar esse sanduíche ou. Olha eu, eu, bom!

ODÉSIO   *(cínico)* — Acabou a água.

GENI   — Sanduíche de. Queijo prato, não. Traz de salaminho.

*(Como ele não sai, interessado no boneco, ela explode.)*

ODÉSIO — Vou! Quem disse que não vou? Vou!

*(Odésio dá dois passos, estaca e volta.)*

ODÉSIO — Você, aí com o boneco, você está se acabando. Vê se não grita tanto!

GENI — Odésio, palavra de honra — te dou um tapa!

ODÉSIO *(ofendido)* — Você não é meu pai, pra me bater. Nem meu pai, que era meu pai, me batia! Xinga, mas não bate! Tá?!

*(Geni volta ao quarto que, então, se ilumina. Herculano acorda na cama de Geni. Olha em torno apavorado. Vira-se, revira-se. Coberto até a cintura por um lençol.)*

HERCULANO *(atônito)* — Quem é você?

GENI — Melhorou, filhinho?

HERCULANO — Que lugar é esse?

GENI — Você está na Laura.

HERCULANO — Quer dizer que. *(desesperado)* E como é que eu vim parar aqui?

| | |
|---:|:---|
| GENI | — Não se lembra? |
| HERCULANO | — Você é a? |
| GENI | — Geni! |
| HERCULANO | *(desatinado)* — A tal. |
| GENI | — Quer um sanduíche? |
| HERCULANO | *(feroz)* — Então foi meu irmão. Aquele crápula do Patrício. |
| GENI | — Tu chegou aqui sozinho, de porre. Sozinho. |
| HERCULANO | — Mentira! |
| GENI | — Tive que tomar três banhos, porque você me vomitou três vezes. |
| HERCULANO | *(desesperado)* — Eu, nunca, nunca pisei num *rendez-vous*. E se estou aqui é porque meu irmão, que é um cachorro. O meu irmão, meu irmão. *(olha por baixo do lençol e vê que está sem as calças)* Onde é que estão as minhas calças? |
| GENI | — Seja mais delicado, que eu não estou aqui para. Ou você pensa que. |
| HERCULANO | — Minhas calças, imediatamente. |

GENI — Cavalo!

*(Geni apanha as calças que estão atiradas no chão.)*

GENI — Toma!

HERCULANO — O cúmulo!

GENI — Quem te viu e quem te vê. *(com profundo desprezo)* Me chega aqui chorando. Chorando!

HERCULANO — Chorando, eu?

GENI — Você! Eu com freguês aqui dentro e você na porta chorando!

HERCULANO — Nunca, na minha vida, nunca toquei numa prostituta!

GENI — Eu conheço vocês todos!

HERCULANO — Sua nojentinha!

GENI — *(furiosa)* — Quem é que é nojenta?

HERCULANO — Você, sua vagabunda!

*(Sem querer e sem sentir, Herculano se põe de gatinhas na cama.)*

GENI — Não me humilhe que eu te.

HERCULANO  *(cortando)* — Ninguém te humilha! Você está debaixo de tudo! Você é um mictório! Público! Público!

GENI  — Pois olhe. Você me disse que tua mulher não chegava a meus pés. Disse. Você berrava: — "A minha mulher era uma chata!"

HERCULANO  *(aterrado)* — Não. Não! Uma santa, uma santa! Se repetir isso eu te mato!

*(Geni solta o riso; novamente, Herculano está de quatro.)*

GENI  *(apontando)* — Foi assim que você entrou aqui. De quatro. *(Geni ri mais alto)* Seu cão!

HERCULANO  — Não ri! Para de rir!

GENI  — Tua mulher tinha varizes!

HERCULANO  *(estupefato)* — Como é que você sabe?

GENI  — Não tinha varizes?

HERCULANO  *(com esgar de choro)* — Não! Não!

GENI  — Tinha! *(às gargalhadas)* Ai, meu Deus! Você me contou.

Foi você. E você tinha nojo das varizes de tua mulher!

HERCULANO — *(num berro)* — Cala a boca!

*(Herculano continua de quatro.)*

GENI — *(no desafio feroz)* — Ela não tinha as coxas separadas? Hem, seu cão? *(sempre às gargalhadas)* — Ai, meu Deus, não aguento mais! *(novo impulso)* E ela tomava banho de bacia, banho de assento, antes de dormir! Fazia assim com a mão na água. *(imita o gesto)*

HERCULANO — *(chorando)* — Eu não disse nada! É mentira! Nada!

GENI — — Nunca ri tanto na minha vida!

HERCULANO — *(ofegante)* — Olha aqui, sua.

GENI — *(ofegante)* — Fala.

HERCULANO — — Se eu falei de minha mulher, uma morta, se eu a insultei, e se contei o banho de assento. *(num impulso maior)* Você não entende, mas olha: — é tão triste e casto — o banho de assento, triste! *(muda de tom e novamente feroz)*

GENI — Ai que eu estou com dor aqui!

HERCULANO — Mas se eu disse isso, então devo mesmo andar de quatro. Eu sou o cão. Estou babando como um cão. *(Herculano passa as costas da mão na boca)*

GENI *(subitamente triste)* — Tua mulher teve uma ferida no seio, não teve?

HERCULANO — Eu também te falei de?

GENI *(na sua abstração)* — Eu cismo, desde garotinha, que também vou morrer de câncer no seio. É um palpite, sei lá.

*(Neste instante, o garçom bate na porta.)*

HERCULANO *(em pânico)* — Quem é?

ODÉSIO — Olha o sanduíche, Geni.

GENI *(para Herculano)* — Fica aí.

*(Geni vai apanhar o sanduíche.)*

ODÉSIO *(com a bandeja)* — Olha, não tem água.

GENI — Você já disse isso, rapaz. Traz Lindoia, Lindoia, traz.

*(Geni volta.)*

GENI — Sou tarada por salaminho.

HERCULANO *(veemente)* — Mas compreendeu? A mulher que morreu de uma ferida no seio — é a coisa mais sagrada, mais sagrada.

GENI *(oferecendo sanduíche)* — Queres um pedaço?

HERCULANO — Não.

GENI — Prova. Morde aqui.

*(Herculano dá sua dentada no sanduíche.)*

GENI *(comendo)* — Você tem medo que eu vá difamar você?

HERCULANO *(em pânico)* — Se você contar, se disser que eu, eu. *(muda de tom)* Tenho um filho, de 18 anos. Um menino que nunca, nunca. Quando a mãe morreu quis se matar, cortando os pulsos. E meu filho não aceita o ato sexual. Mesmo no casamento. Não aceita. No dia do enterro, do enterro de minha mulher — quando voltamos do cemitério —, ele se trancou comigo, no quarto. Quis que eu jurasse que nunca mais teria outra mulher. Nem casando, nem sem casar.

GENI — Você jurou?

HERCULANO — Jurei, porque podia jurar. Porque estou disposto a cumprir o juramento.

GENI *(começando a rir)* — Você diz isso aqui? Aqui?

HERCULANO *(atônito e sem perceber o absurdo)* — Está rindo de quê?

GENI — Mas claro! Você está aqui comigo sabe há quanto tempo? Setenta e duas horas!

HERCULANO — Que dia é hoje?

GENI — Você pedia bebida, mais, sempre mais. E ia ficando.

HERCULANO *(desesperado)* — Eu que não bebo! *(muda de tom)* Meu filho não pode saber, nunca, nunca! Se ele souber, ele se mata a meus pés! *(muda de tom)* Essas 72 horas não existem na minha vida. É como se eu estivesse morto. Setenta e duas horas morto!

*(Novamente sem querer e sem perceber Herculano se põe de quatro.)*

HERCULANO — E o que é que eu fazia?

GENI — Você me pedia para dizer palavrões!

HERCULANO *(estupefato)* — Mas eu tenho horror de mulher que diz palavrão!

GENI — E me contou que sua mulher nunca disse um nome feio, nem merda!

HERCULANO *(furioso)* — Nem minha mulher, nem meu filho. Meu filho, quando me pediu para não trair minha mulher, nunca — de repente, ele começou a vomitar.

GENI — Vomitar, por quê?

HERCULANO — É o nojo, nojo de sexo. Horror. *(muda de tom e agarra Geni pelos dois braços)* Agora vem cá. Você está proibida.

GENI — Não me aperta! Está machucando!

HERCULANO — Proibida de tocar no nome de minha mulher. *(larga Geni e toma outro tom e um esgar de choro)* Para mim, ela não tem um rosto, um nome, um olhar. É uma ferida, quase linda. No seio.

GENI — Vamos fazer outro amorzinho bem gostoso?

HERCULANO *(com esgar de nojo)* — Só pensa nisso!

GENI — De ti eu gosto! Gostei! Dos outros, não. Vem.

HERCULANO *(com desprezo)* — Agora eu não estou mais bêbado. Sai daí!

GENI *(com um riso súbito e cruel)* — Quer dizer que você precisa beber pra ser macho?

HERCULANO — Não entende nada! *(desesperado)* Escuta, você tem uma alma, meu filho outra e há uma ferida. Eu sou um bêbado, que passou pela sua vida e sumiu.

*(Apaga-se a luz. No escuro, sai Herculano. Ouve-se a voz de Geni.)*

GENI — Herculano, você passou uma semana sem aparecer. Nem bola, nem pelota. Todas as noites, eu sonhava com a ferida. E, no sonho, aparecia ora a minha tia solteirona, ora a tua mulher. As duas tiravam o *soutien* para mim. E nada de você. Teu irmão é que me repetia: "Ele volta! Volta!" Até que um dia. *(na metade da fala acima ilumina-se a cena. Geni presente. Quando termina a evocação gravada, bate o telefone e Geni atende) (num tom neutro)* — Alô! *(espaço e logo ela muda de tom)* Até que enfim! Você sumiu!

*(Luz para Herculano, em outro telefone. Ele aparece incerto, como se a vergonha o traísse.)*

HERCULANO — Eu nem devia telefonar. Estou falando só para te dizer.

| | |
|---|---|
| GENI | — Herculano, espera um momentinho. |
| HERCULANO | — Estou com pressa. |
| GENI | — Herculano, espera um momentinho. |
| HERCULANO | — Estou com pressa. |
| GENI | — Vou só apanhar um cigarro. |

*(Geni larga o telefone e apanha o cigarro. Volta para o telefone.)*

| | |
|---|---|
| GENI | — Pronto. *(muda de tom)* Mas nem pra saber se eu morri? |
| HERCULANO | *(travado)* — Ocupado e além disso. |
| GENI | — Então? Depois daquela vez, você continua virgem, ou. |
| HERCULANO | — Olha esse tom, Geni. |
| GENI | *(sôfrega)* — Por que é que você não dá um pulo aqui? |
| HERCULANO | *(em pânico, muda de tom)* — Geni, aquela foi a primeira e última vez! Estou-lhe falando sério, Geni. |
| GENI | — Você não gostou? |

HERCULANO *(incisivo)* — Geni! Eu telefonei pra te fazer uma pergunta. Só uma! *(pausa e faz a pergunta)* Como é que você suporta essa vida?

GENI *(surpresa e incerta)* — Como? É uma história muito comprida. Um dia eu te conto. Prometo.

HERCULANO *(com mais élan)* — Geni, quando conversamos, aquela vez. Eu, para definir esse tipo de vida, usei uma expressão.

GENI — Mictório.

HERCULANO *(rápido e infeliz)* — Não precisava repetir a palavra. Entende? Eu não podia ter comparado uma criatura humana a. *(com veemência)* Mas você não é isso. Você não pode ser isso.

GENI *(desinteressada do sermão e com dengue de gata)* — Você não quer me ver?

HERCULANO *(amargurado)* — O que eu disse entrou por um ouvido e

| | |
|---:|:---|
| | saiu pelo outro! Nem prestou atenção. |
| GENI | *(implorando)* — Vem cá, vem? |
| HERCULANO | — Aí? |
| GENI | *(sôfrega)* — Olha. Eu estou esperando um freguês, mas desmarco. Aqui é mais cômodo. |
| HERCULANO | *(desesperado)* — Geni, eu só fui aí uma vez, porque estava bêbado. Você sabe, Geni, sabe! Não ponho os pés aí — nunca mais! |
| GENI | — Nunca mais? |
| HERCULANO | — Aquilo que eu contei do meu filho. A vida sexual terminou para mim. Estou lhe dizendo isso de coração para coração. |
| GENI | *(no seu desejo)* — Benzinho. Sabe quantas vezes nós fizemos amor naquelas duas noites? |

*(Patrício entra.)*

| | |
|---:|:---|
| PATRÍCIO | — Salve ela! |

*(Geni faz-lhe sinal para que não faça barulho.)*

PATRÍCIO *(baixo)* — Herculano?

GENI *(febril)* — Doze vezes.

*(Geni está apanhando outro cigarro.)*

GENI — Quando você saiu, eu tive uma dor tão grande nos ovários. Sabe que eu tive que ir ao médico? Fui ao médico.

HERCULANO *(negando a própria emoção)* — Geni, esse gênero de conversa não cabe entre nós!

*(Patrício apanha o isqueiro e acende o cigarro de Geni.)*

GENI — Mas eu preciso te ver, preciso! Meu amorzinho, há uma razão. Eu não queria te contar. Olha, é o seguinte. Apareceu no meu seio. Está ouvindo?

HERCULANO — Estou ouvindo.

GENI — Uma feridinha no seio. Parecida com a da minha tia. Como se fosse uma pequenina tatuagem. Eu queria que você examinasse. Você entende, porque já teve o caso de sua

|  |  |
|---|---|
| | mulher. Tenho medo que seja aquilo. |
| HERCULANO | — Pode ser uma irritação. |
| GENI | — Tenho medo! Medo! |
| HERCULANO | — Então você deve ir ao médico. |
| GENI | — Não vou a médico nenhum. Quero que você veja. *(impulsivamente)* E uma que eu não te contei, que ninguém sabe. Quer saber por que eu tenho essa cisma? A cisma de que vou morrer como a minha tia e tua mulher? Pensam que é maluquice minha. Mas não é. |

*(Apaga-se a luz. No escuro, ele sai de cena.)*

|  |  |
|---|---|
| GENI | — Foi minha mãe, quando eu tinha 12 anos. Um dia minha mãe me mandou comprar não sei o quê. Nem me lembro. Eu me demorei. E quando cheguei, minha mãe gritou: — "Tu vai morrer de câncer no seio!" Minha própria mãe me disse isso. Você ainda se admira que eu tenha caído na zona? Toda |

mulher já foi menina. Eu, não. Eu posso dizer de boca cheia que nunca fui menina.

PATRÍCIO  *(divertido)* — Deixa de ser cínica, Geni!

GENI  *(sem ouvi-lo)* — Agora que você sabe de tudo, sabe da praga de minha mãe, você vem? Vem? Ah, não! Nem eu dizendo que estou com o seio ferido? *(numa súbita ira)* Se você estivesse aqui eu te dava com o salto de sapato na cara!

*(Geni bate violentamente com o telefone. Em seguida, explode em soluços.)*

PATRÍCIO  — Quem telefonou foi ele ou você?

GENI  *(num rompante)* — Não amola você também!

PATRÍCIO  — Responde!

GENI  — Foi ele, naturalmente!

PATRÍCIO  *(maravilhado)* — Tiro e queda! Eu sabia, tinha a certeza! É a obscenidade do casto. Escuta.

GENI — *(desesperada e chorando)* — Patrício, tarei, tarei!

PATRÍCIO — Quem tarou por ti foi ele. Você faz o seguinte. O seguinte.

GENI — *(furiosa)* — Não dá palpite! *(mudando de tom)* O que você devia é pagar o que me deve, em vez de estar aí.

PATRÍCIO — Se não quer me ouvir, eu vou-me embora e dane-se você, o Herculano, todo o mundo!

GENI — Você é um chato.

PATRÍCIO — Presta atenção. Quando o Herculano der as caras.

GENI — *(interrompendo, violentamente)* — Ele não vem! Disse que não vinha, aquela besta!

PATRÍCIO — Calma! Vem! Quer apostar como vem? O que você quiser, aposto!

GENI — Mas ele acaba de me dizer, agora, no telefone, neste minuto.

PATRÍCIO — Ora!

GENI — Que nunca, nunca! Disse!

PATRÍCIO — *(agarrando-a)* — Geni.

GENI  *(chorando)* — Não sei por que nasci!

PATRÍCIO  *(berrando)* — Mas escuta!

GENI  — Merda de vida!

PATRÍCIO  — Deixa eu falar. Eu conheço o meu pessoal. Nós somos todos castos. Nós, não. Eu não sou. *(com um riso meio soluçante)* Mas eu também seria, se não tivesse havido um fato, um fato na minha vida. Mas o Herculano, as minhas tias solteironas. Nenhuma casou. *(muda de tom)* Sabe qual foi o fato, o tal fato na minha vida?

GENI  — De vez em quando, você me dá medo!

PATRÍCIO  *(transtornado)* — Eu? Medo?

GENI  *(transida)* — Desconfio que você não regula, Patrício.

*(Os dois estão de pé. Geni recua diante de Patrício. Este, que estava grave, quase ameaçador, muda de tom.)*

PATRÍCIO  — Mas deixa eu contar. Essa eu acho ótima. Quando eu tinha dez, onze anos, não me lembro.

|         | Onze anos. A nossa casa dava pra um capinzal. Um dia, apareceu uma cabra. |
|---------|---|
| GENI    | — Cabra? |
| PATRÍCIO | — De um português, sei lá. Então, todo dia, eu me metia no capinzal. *(com maior tensão)* Uma vez uma das minhas tias olhou pelo muro e me viu *(começa a rir com sofrimento)*: — eu, nu, com a cabra. |
| GENI    | — Não estou entendendo. |
| PATRÍCIO | — Você é burra! A cabra foi a minha primeira experiência sexual. *(num riso ainda mais ordinário)* A primeira mulher que eu conheci foi uma cabra. |
| GENI    | *(sem nenhum escândalo)* — Criança é safada! |
| PATRÍCIO | *(com certo desespero)* — Eu não era o único. Os outros meninos também. |
| GENI    | *(desligada)* — Você acha que Herculano vem? |

*(Patrício já não se dirige para Geni. É como se falasse para um ouvinte interior.)*

PATRÍCIO — *(num desespero progressivo)* — Então, a minha tia me agarrou. Outras tias me agarraram. Meu castigo era ficar, uma hora, de joelho, em cima do milho. Me botaram num canto, como se eu, um menino, tivesse lepra.

*(Patrício cai em si.)*

PATRÍCIO — *(mudando de tom e triunfante)* — Assim somos nós. Eu, Herculano, as minhas tias.

GENI — E daí?

PATRÍCIO — Daí o seguinte. Quando ele aparecer — vai aparecer na certa. O casto não resiste. Quero ser mico de circo — você não recebe. Esnoba.

GENI — Deixa de piada. Eu gosto dele.

PATRÍCIO — Sua cretina!

GENI — Teu irmão é macho. Não é como esses que. Macho.

PATRÍCIO — Ó sua besta! Tem que usar a cabeça. Você é mulher da zona. Põe isso. *(aponta para a cabeça)* Herculano é o sujeito que nunca,

nunca. De mês em mês, quando a mulher era viva, fazia o papai e mamãe, de luz apagada. Sujeito religioso.

GENI — Mas eu estou maluca por esse cara!

PATRÍCIO — Sei, sei. *(mais vivamente)* Por isso mesmo. Você tem que se valorizar. Senão o cara te chuta. Será que você não percebe?

GENI — Agora eu descobri que tenho nojo de você. Nojo! E vê se não me dá mais palpite!

PATRÍCIO *(gritando)* — Você diz. Diz. *(muda de tom)* Só toca em mim casando! Só casando. Diz isso à besta do Herculano. *(põe-se a chorar)* Só casando!

*(Apaga-se novamente a luz. Ouve-se a voz gravada de Geni. Ilumina-se novamente a cena. Ela está só e imóvel.)*

GENI — Você veio, Herculano. Veio e eu te esnobei. Mandei dizer que estava com freguês. Mas por dentro a minha vontade era te morder, te arranhar, beijar teu corpo todo. Naquela noite, eu era capaz até de, nem sei. Eu com freguês e você do lado de fora, alucinado. *(Herculano entra. Vem desesperado)*

GENI — *(afetada)* — Olá!
HERCULANO — Você me chama, eu venho porque você me chamou e.

*(Geni, frívola, apanha um cigarro.)*

GENI — Acende aqui.
HERCULANO — Não fumo. Mas olha aqui, Geni.

*(Geni vai, ela mesma, apanhar o fósforo.)*

HERCULANO — Quer prestar atenção?
GENI — *(acendendo o cigarro)* — Estou ouvindo.
HERCULANO — Vim por uma questão de solidariedade. Faria isso por um desconhecido. Suspeita de câncer é uma coisa séria, não é brincadeira.

GENI — *(afetando naturalidade)* — Vou chamar o garçom. Você toma o quê? Estou com uma fome!

HERCULANO — Já sei que vou me arrepender de ter vindo. *(impulsivamente)* Você manda dizer a mim que está com freguês! E me deixa esperando horas, como se eu fosse o quê?

GENI — *(explode)* — Escuta. Você pensa que mulher da vida é só chegar que nós estamos à disposição? Esse menino que estava comigo — era a primeira vez. Demorou, azar!

HERCULANO — *(atônito)* — Primeira vez! Meu Deus! Ela diz — "primeira vez!" *(muda de tom)* Mas não vamos perder tempo. Mostra, mostra o.

GENI — *(baixo e lasciva)* — O quê?

HERCULANO — Você não disse que.

GENI — Mas você não é médico.

HERCULANO — Você quer brincar?

GENI — É bonito meu seio?

*(Pausa.)*

| | |
|---|---|
| HERCULANO | — Você pensa que eu. |
| GENI | *(num desafio, mostrando os dois seios)* — Meu filho! — Se há uma coisa que eu tenho bonito é os seios! |
| HERCULANO | — Fica sabendo: — aquilo que aconteceu não vai se repetir nunca mais! Mostra a ferida. |
| GENI | — Eu menti. Não tem nada. Olha. Pode olhar. |
| HERCULANO | — Então vou-me embora. |
| GENI | — Você não quer nada comigo? |
| HERCULANO | — Você ainda pergunta? |
| GENI | — Pergunto. |
| HERCULANO | — Você acha que. E isso aqui? Você não compreende que seu corpo. Ou será quê? *(Herculano vai num crescendo)* Você tem que sair daqui. Já! Vai sair agora! |

*(Herculano agarra a menina pelos dois braços.)*

| | |
|---|---|
| HERCULANO | *(quase chorando)* — Eu não admito que, a partir deste momento, filho da puta nenhum encoste o dedo em ti! |

GENI    *(maravilhada)* — Você dizendo palavrão!

HERCULANO    — Eu não digo palavrões!

GENI    *(com apaixonada humildade)* — Posso te fazer uma coisa?

HERCULANO    — Fazer o quê?

GENI    — Deixa?

*(Súbito, Geni cai de joelhos e beija os sapatos de Herculano.)*

HERCULANO    *(desesperado)* — Mas o que é isso? Não faça isso!

GENI    *(ainda de joelhos)* — Gostou?

HERCULANO    — Não tem sentido! Levanta, levanta!

GENI    *(meiga)* — Dorme comigo?

HERCULANO    — Não vamos levar pra esse terreno.

GENI    — Meu bem.

HERCULANO    — Geni, ouve, deixa eu falar. Sim? Deixa eu falar. Vim aqui com uma finalidade. Entre nós, não há sexo, e nem pode haver. Entendido?

GENI    *(violenta)* — Então, por que é que você quer me tirar daqui?

HERCULANO — Humanidade!

GENI *(começando a chorar)* — Humanidade coisa nenhuma! *(mudando de tom e apaixonadamente)* Eu sou melhor que muitas. Não vou com qualquer um, não.

HERCULANO *(veemente)* — Geni, eu te arranjo um emprego!

GENI *(furiosa)* — Não ando atrás de emprego! *(novamente meiga)* Dorme comigo, dorme! Não sei dormir sozinha! Tenho medo. Sabe que eu tenho medo de aranha?

HERCULANO — Vou te dar um dinheiro e você...

GENI *(furiosa)* — Se você não quer nada comigo, não é nada meu, mania de mandar em mim. O cara que teve antes de você também queria saber como é que eu caí na vida. Que merda!

HERCULANO *(desesperado)* — Tenho pena da tua alma!

*(Herculano fica, um momento, de costas para Geni. Então, lasciva, ela vem por trás dele. Apelo.)*

GENI — Vamos fazer um amorzinho bem gostoso? Depois, você vai embora, e eu durmo com uma nova, que chegou. Vamos fazer o amor? *(Geni colada a Herculano por trás, em cio)* Só essa vez e nunca mais!

HERCULANO *(sempre agarrado pelas costas e com a voz estrangulada)* — Será a última vez. Mas você não toca no nome da minha mulher. *(Herculano vira-se de frente para Geni. Beijam-se, furiosamente. E, então, sôfrego, ele vai tirando a gravata, a camisa. Ao mesmo tempo, Geni se transfigura. Recua.)*

GENI *(feroz)* — Está tirando a roupa? Não tira a roupa! Cai fora! Sou de qualquer um, menos de você. Você só toca em mim casando! Só toca em mim casando!

*(Geni dá gargalhadas de bruxa.)*

## FIM DO PRIMEIRO ATO

# SEGUNDO ATO

*(Quarto de Herculano, que está se vestindo. Sentado na cama põe talco nos pés. Entra Serginho. Para olhando o pai, que ainda não o viu. Herculano assovia.)*

SERGINHO — Meu pai.

*(Herculano vira-se em sobressalto.)*

HERCULANO — Ah! Serginho! Chegou quando?

SERGINHO *(tenso)* — O senhor agora põe talco nos pés?

*(Herculano levanta-se para beijá-lo. Serginho recua.)*

SERGINHO — Não.

HERCULANO — Você recusa o meu beijo?

| | |
|---|---|
| SERGINHO | — E o seu luto, papai? *(triunfo)* Recuso. Recuso o teu beijo. *(muda de tom)* E o senhor tirou o luto por quê? |
| HERCULANO | — Está me chamando de "senhor" e não de "você"! |
| SERGINHO | — O seu luto? O seu luto? |
| HERCULANO | — Vamos conversar com calma, meu filho. Eu não tirei o luto. *(escolhe as palavras)* Apenas, apenas, como não se usa mais. |
| SERGINHO | *(contido)* — Não se usa mais. *(impulsivamente)* Porque não se usa mais, o senhor esqueceu mamãe, esqueceu? |
| HERCULANO | — Nunca! Serginho, vem cá, senta, meu filho! |
| SERGINHO | — Estou bem assim. |
| HERCULANO | — Você sabe, meu filho, não sabe que o amor da minha vida foi sua mãe? |
| SERGINHO | *(cortando)* — Há quanto tempo o senhor não vai ao cemitério? |
| HERCULANO | *(desconcertado)* — Mas eu vou! Vou! Outro dia fui! |

SERGINHO — *(fremente)* — Vai todo o dia como eu? Quando estou aqui, não falto um dia!

HERCULANO — Meu filho, eu faço questão de explicar tudo. Não quero que. Por exemplo: — o luto. Só saio de gravata preta.

SERGINHO — *(desesperado)* — E basta? *(quase chorando)* Mamãe morre e o senhor põe gravata preta. Pronto. Eu acho lindo uma família de luto fechado.

*(Herculano muda de tom. Quer ser grave.)*

HERCULANO — Meu filho, precisamos ter uma conversa séria. De homem para homem. Você é um adulto, Serginho. Não pode ter reações de.

SERGINHO — Reações de quê?

HERCULANO — Há uma coisa que se chama senso comum.

SERGINHO — *(cortando)* — O senhor me responde uma pergunta?

HERCULANO — *(num apelo)* — Me chama de você!

SERGINHO — O senhor ainda gosta de mamãe?

HERCULANO — Você fala como se sua mãe estivesse viva!

SERGINHO *(feroz)* — Pra mim, está! *(fora de si)* Vou ao cemitério e converso com o túmulo. Mamãe me ouve! Não responde, mas ouve! E, à noite, entra no meu quarto.

HERCULANO — Meu filho, você está com os nervos, entende?

SERGINHO *(caindo em si)* — O senhor não respondeu sc gosta de minha mãe?

HERCULANO *(nítido e forte)* — Tenho pela memória de sua mãe.

SERGINHO *(num repente histérico)* — Memória, memória, é só isso que o senhor sabe dizer? Papai, eu vim aqui lhe fazer uma pergunta, só uma pergunta. *(muda de tom, apaixonadamente)* O senhor se mataria por mamãe?

HERCULANO — Eu sou católico.

SERGINHO *(desesperado)* — Isso não é resposta!

*(Herculano deixa Serginho e passa para um novo foco de luz, onde estão as tias, todas de luto.)*

| | |
|---:|:---|
| HERCULANO | *(para as velhas)* — O que é que vocês fizeram com meu filho? |
| TIA Nº 1 | — O culpado é você! |
| HERCULANO | — Esse menino não vive uma vida normal! Não tem namorada! |
| TIA Nº 2 | *(com esgar de nojo)* — Só pensa em sexo! |
| HERCULANO | — Meu filho me condena porque eu ponho talco nos pés! Como se fosse obsceno pôr talco nos pés. |
| TIA Nº 3 | — Nós achamos! Nós achamos! |
| HERCULANO | — Vocês precisam se convencer que minha mulher é uma defunta. |
| TIA Nº 1 | — Não repita esta palavra! Teu filho não quer que a mãe seja uma defunta! |

*(Herculano passa para a área de luz onde está Serginho. Muda de atitude e de tom.)*

HERCULANO — Meu filho, toda família tem seus mortos.

SERGINHO — Não é isso! *(fora de si)* O senhor entende e finge que não entende! *(incisivo)* Meu pai! Quando mamãe morreu, o senhor queria se matar, até esconderam o revólver. *(mais doce, quase segredando)* Então, eu pensei que o senhor se matasse.

HERCULANO *(amargurado)* — Meu filho, eu não acredito, nem posso acreditar. Você desejou a minha morte, desejou, quis a morte de seu pai?

SERGINHO *(ofegante)* — Ainda não acabei.

HERCULANO — Fala.

SERGINHO *(quase doce)* — Eu, então, pensava: — meu pai se mata e eu me mato. Uma noite, vim até a porta do seu quarto. Eu vinha pedir ao senhor para morrer comigo. Nós dois. Mamãe queria que eu morresse e o senhor morresse. *(num rompante)* Mas o senhor não se matou.

*(Herculano passa para a área de luz onde estão as tias.)*

HERCULANO *(na sua ira)* — Eu tenho que pedir desculpas de estar vivo!

TIA Nº 1 *(histericamente)* — Você sempre quis viver! Sempre!

TIA Nº 2 — Você já quis se matar. Eu te impedi de morrer. *(chorando)* Quase me arrependo.

HERCULANO — Esse menino conversa com um túmulo. Não entra na cabeça de ninguém. Vocês querem que meu filho enlouqueça?

TIA Nº 2 — Louco é quem esquece! Você esqueceu. Então é louco.

*(Herculano vai ao encontro do filho.)*

HERCULANO — Eu rezo! Eu rezei! Eu acredito na oração!

*(Serginho cai de joelhos diante do pai.)*

HERCULANO — Levanta, Serginho! Não faça isso!

*(Serginho dá murro no chão. Súbito, agarra-se às pernas do pai.)*

SERGINHO — O senhor vai repetir aquele juramento, aquele. Jura, jura que nunca mais se casará!

HERCULANO *(aterrado)* — Juro o que você quiser!

SERGINHO — O que eu quiser, não. Papai, quem tem que querer é o senhor.

HERCULANO — Mas levante! Serginho, Serginho!

SERGINHO *(chorando)* — O senhor não jurou!

HERCULANO — Juro!

SERGINHO — E que nunca mais terá mulher, mesmo sem casar?

HERCULANO — Meu filho, ouve.

SERGINHO *(fanático)* — Quero o juramento!

HERCULANO — Ouve, Serginho. O sexo pode ser uma coisa nobre, linda, meu filho.

SERGINHO — O senhor nunca falou assim!

*(Herculano suspende Serginho.)*

HERCULANO — Olha para mim, Serginho. Olha para mim.

| | |
|---:|:---|
| SERGINHO | *(num choro manso)* — O senhor mudou! |
| HERCULANO | *(doce)* — Você teve uma mãe e eu tive uma mãe. Nem eu nem você. |
| SERGINHO | *(desesperado)* — Cala a boca! Cala a boca! |
| HERCULANO | — Você tem de ouvir tudo. Nem eu, nem você podemos ter ódio do sexo. O sexo quando é amor. |

*(Serginho tem um rompante feroz. Cresce para o pai.)*

| | |
|---:|:---|
| SERGINHO | — Eu preferia não ter nascido! Preferia que minha mãe morresse virgem, como minhas tias, que ainda são virgens. |
| HERCULANO | — Meu filho, fala com calma. Não se exalte. Não chora, Serginho! |
| SERGINHO | *(como um possesso)* — Mas eu preciso chorar! Eu preciso gritar! |
| HERCULANO | *(exaltado também)* — Então chora! Então grita! |

*(Serginho começa a gritar. O pai, sentado na cama, cobre o rosto com uma das mãos e chora também. Apaga-se a luz*

*sobre Herculano e Serginho. Passagem para Geni, que, no exterior, fala ao telefone, desesperada.)*

GENI — Esse filho da mãe telefonou pra aí? Não estou ouvindo. Fala mais alto. O quê? Mais alto. Não telefonou! Está bem! Ele me paga, vai me pagar! Esculhambo esse cara!

*(Geni deixa o telefone. Abre o guarda-chuva. Chega Herculano.)*

GENI — Bonito papel!

HERCULANO *(sôfrego)* — Desculpe. Perdão, meu anjo!

GENI — Você me deixa aqui, quarenta minutos debaixo de chuva!

HERCULANO *(atarantado)* — Vamos sair daqui, vamos sair daqui.

GENI — E teu carro?

HERCULANO — Deixei lá do outro lado. E vim a pé, pra não chamar atenção.

GENI — Tem medo de tudo!

HERCULANO *(doce)* — Não podemos ser vistos.

GENI — (*furiosa*) — Claro! Eu sou uma vagabunda!

HERCULANO — Não é isso. Ali tem um café.

GENI — O cúmulo!

HERCULANO — (*suplicante*) — Vamos. Vem.

GENI — Lá tem muito homem. E não tem nem lugar pra sentar.

HERCULANO — (*olhando em torno*) — Não passa nem táxi!

GENI — Demorou por quê?

HERCULANO — Imagine! Meu filho apareceu quando eu ia saindo.

GENI — (*sardônica*) — Logo vi!

HERCULANO — Pois é. Tive que ficar. (*vivamente*) Uma tragédia!

GENI — Teu filho é um bolha!

HERCULANO — (*doce*) — Não fala assim!

GENI — E por que não? Falo, falo!

HERCULANO — Você não conhece Serginho. Bom menino, sentimental. Menino de ouro.

GENI — Também não vou com a cara das tuas tias.

HERCULANO — Você nem conhece as minhas tias! São umas santas!

GENI  *(afetada)* — Eu é que não presto, evidente!

HERCULANO  *(suplicante)* — Ah, se você soubesse a conversa que tive com meu filho! Conversa horrível.

GENI  — O culpado é você! Você dá confiança demais. Meu pai quando era vivo. Você pensa? Eu que me fizesse de tola. Meu pai me metia a mão na cara!

HERCULANO  — Sou contra pancada, sempre fui! Meu anjo, fecha o guarda-chuva, que parou de chover.

GENI  *(mudando de tom)* — Bem, você me chamou pra quê?

HERCULANO  *(gentil e sofrido)* — Queria te ver.

GENI  *(bem ordinária)* — Ah, bom! Já começa! *(muda de tom, violenta)* Você fez um carnaval no telefone, que não sei o quê etc. Isso depois de passar um mês — 28 dias, 28 dias! — sem me dar a mínima pelota. Hoje, telefona. Diz que precisava ter uma conversa "séria". Você disse "conversa séria" comigo. Eu estou aqui. Qual é o papo? Vamos ver.

HERCULANO — Meu bem, você não me entendeu.

GENI *(triunfante)* — Entendi, sim! *(muda de tom, incisiva)* Fala como homem! Tapeação pra cima de mim, não!

HERCULANO — Olha esse tom, Geni!

GENI — Não tenho outro. E vem cá. Escuta. Por que é que eu hei de ser delicada, eu não sou digna nem de sentar a bunda no teu carro?

HERCULANO *(desesperado)* — Eu expliquei. São razões de família. Todo o mundo conhece meu carro.

GENI — E daí?

HERCULANO — Vamos conversar, sim, claro. *(olha em torno)* Mas. Se, ao menos, aparecesse o miserável de um táxi.

GENI — Não aporrinha, Herculano! Fala aqui, diz logo, pronto!

**HERCULANO** *(grave)* — Uma pergunta. Você gosta de mim? Gostou de mim?

**GENI** *(atônita)* — Que palpite é esse?

**HERCULANO** — Geni, não é palpite. Quer responder?

**GENI** — Sujeito burro! *(mudando de tom, trinca os dentes)* Só de olhar você — e quando você aparece basta a sua presença — eu fico molhadinha!

**HERCULANO** *(realmente chocado)* — Oh, Geni! Por que é que você é tão direta, meu bem?

**GENI** *(desesperada de desejo)* — Vocês homens são bobos! Está pensando o que da mulher? A mulher pode ser séria, seja lá o que for. Mas tem sua tara por alguém. *(muda de tom)* Olha as minhas mãos como estão geladas. Segura, vê. *(ofegante)* Geladas!

**HERCULANO** *(amargurado)* — Amor não é isso!

**GENI** *(furiosa)* — Me diz então o que é que é amor?

HERCULANO — Certas coisas, a mulher não diz, não deve dizer. Pode insinuar. Insinuar. Mas não deve dizer. Delicadeza é tudo na mulher.

GENI *(na sua cólera contida)* — Hoje tudo que é mulher diz puta que o pariu. Ah, de vez em quando, você me dá vontade, nem sei. Vontade de te quebrar a cara, palavra de honra. Desconfio que você gosta de apanhar. Há homens que gostam.

HERCULANO — Que conversa baixa!

GENI *(indignada)* — Ainda por cima, me esculhamba! Vou-me embora!

*(Geni quer afastar-se. Herculano se arremessa.)*

HERCULANO — Vem cá!

GENI — Tira a mão!

HERCULANO *(impulsivamente)* — Geni, eu não te disse o principal.

*(Geni vira-se apaixonadamente.)*

GENI  *(sôfrega)* — E você? Você gosta de mim?

*(Pausa.)*

HERCULANO  *(vacila)* — É o seguinte, o seguinte. Eu te conheço há pouco tempo. Quer dizer, não há entre mim e você uma certa convivência.

GENI  *(furiosa)* — O que é que não há entre nós se já houve tudo?

HERCULANO  — Não é disso que eu estou falando, Geni.

GENI  — De vez em quando, você tem uns fricotes de bicha!

HERCULANO  *(quase explodindo)* — Posso falar?

GENI  — Você só sabe é falar!

HERCULANO  *(incisivo)* — Olha aqui. Eu não posso gostar de você, gostar mesmo, de verdade — enquanto você não deixar essa vida. Ou você não me entende? Quer largar essa vida, agora, *(repete)* agora, neste minuto? Você abandona tudo, tudo! Não pode

| | |
|---|---|
| | voltar lá nem pra apanhar a roupa! Tem coragem? |
| GENI | *(veemente)* — E você casa comigo? |
| HERCULANO | *(rápido e veemente)* — Você não respondeu! |
| GENI | — Nem você! |
| HERCULANO | — Eu perguntei primeiro. |
| GENI | *(começando a chorar)* — Está bem. Não volto mais pra lá. Nunca mais. Não é isso que você quer? Deixo tudo, roupa, deixo. |
| HERCULANO | — Sapato, tudo! |
| GENI | — Bem e. |
| HERCULANO | *(excitado)* — Roupa não interessa. Te dou muito mais. Dinheiro, graças a Deus, não é problema. Você compra um enxoval completo. |
| GENI | *(sôfrega e humilde)* — E você, casa comigo? |

*(Por alguns momentos, fica o suspense. Apaga-se a luz sobre Geni e Herculano. Aparece luz sobre uma das tias. Lá aparece Herculano.)*

| | |
|---|---|
| HERCULANO | — A bênção. |
| TIA | *(taciturna)* — Te abençoe. |
| HERCULANO | — Vai ter aquele cafezinho? |
| TIA | *(com a voz grossa)* — Menino, o que é que você anda fazendo? |
| HERCULANO | *(com um riso falso)* — Fazendo — como? Nada, por quê? |
| TIA | *(plangente)* — Eu te conheço, longe! Desde garotinho, que eu sei. Sei quando você está mentindo! Você está mentindo! |
| HERCULANO | *(perturbado)* — Eu não entendo, titia! A senhora me chama, eu venho. Peço um café e a senhora me recebe com quatro pedras? |
| TIA | — Por que é que você ficou vermelho? |
| HERCULANO | — Absolutamente! |
| TIA | *(plangente)* — Vermelho, sim! Você me dá pena, Herculano! Ou você se esquece que tem um filho? |
| HERCULANO | — Mas que foi que eu fiz? Ao menos me diga. |
| TIA | *(incisiva)* — Olhe pra mim! Olhe! |

| | |
|---|---|
| HERCULANO | — Pronto! |
| TIA | — Não! Não vire o rosto. *(rápida e desesperada)* — Foram dizer a seu filho que você passou três dias e três noites numa casa de mulheres! |
| HERCULANO | *(sob o impacto)* — Eu? |
| TIA | — Três dias e três noites com uma prostituta! |
| HERCULANO | *(desesperado)* — Mas é falso! Rigorosamente falso! Todos os meus amigos sabem que eu tenho horror, horror da prostituta. Nunca entrei numa casa de mulheres. Só entrei uma vez. Em solteiro. Eu era rapazinho. Entrei e fugi logo, nunca mais. Entenda! Esse assunto, aliás. Mas compreendeu? Simplesmente, eu não acho a prostituta mulher. Não é mulher! |
| TIA | *(lenta e profética)* — Se acontecer alguma coisa a teu filho, o que acontecer a teu filho cairá sobre ti! |

HERCULANO    *(feroz)* — Se eu souber — e acho que sei. Mas se souber quem foi o sujeito — eu mato! Eu mato!

*(Apaga-se a luz sobre os dois. Foco iluminando Patrício. Entra Herculano. Rápido, agarra o irmão pela gola do paletó.)*

HERCULANO    *(quase chorando)* — Seu canalha! Então, você?

PATRÍCIO    *(sem reagir e com desesperado cinismo)* — Você me insulta, porque me dá dinheiro! Insulta porque me paga!

*(O riso de Patrício é quase choro.)*

HERCULANO    — Você foi dizer a meu filho.

PATRÍCIO    — Pode até me bater, bate! Porque eu estou precisando de dinheiro. *(fala sem parar, sôfrego, ofegante)* Herculano, eu comprei um automóvel de segunda mão, uma lata velha.

Assinei umas letras, que o dono topou. Quem vai pagar é você!

HERCULANO — De mim não vê um vintém! Ande a pé! E olha!

PATRÍCIO *(interrompendo tumultuosamente)* — Eu não disse nada! Juro, quer que eu jure? Não fui eu! *(baixando a voz, sôfrego, implorante)* Vou te contar a verdade, a verdade! Imagine que as nossas tias, antes de mandarem a roupa para a lavanderia, examinam as tuas cuecas!

HERCULANO — Você está louco!

PATRÍCIO — Palavra de honra! Quero morrer leproso, se estou mentindo! *(exultante)* E viram, pelas cuecas, que você é homem, o teu desejo pinga! *(numa explosão selvagem)* Você é homem, homem, homem!

HERCULANO — Patrício, não me adianta nada quebrar tua cara!

PATRÍCIO *(no seu riso soluçante)* — Realmente, é meio engraçado,

|  | não é? Um homem acusado pelas cuecas! |
|---|---|
| HERCULANO | — Vou te deixar morrer de fome! |

*(Herculano abandona a luz. Patrício fica gritando.)*

|  |  |
|---|---|
| PATRÍCIO | *(berrando)* — Herculano! O ser humano é louco! E ninguém vê isso, porque só os profetas enxergam o óbvio! |

*(Geni aparece sob o foco de luz. Em seguida, vem Herculano.)*

|  |  |
|---|---|
| GENI | *(repetindo, com a mesma inflexão)* — E você, casa comigo? |
| HERCULANO | *(grave e comovido)* — Era justamente sobre isso que eu queria te falar. Durante esse mês. |
| GENI | *(doce)* — Vinte e oito dias. |
| HERCULANO | — Pois é. Tenho pensado muito. Pensado pra burro. Mas há um problema. Minhas tias, não. |
| GENI | — Teu filho, aposto! |
| HERCULANO | — Meu filho. O diabo é meu filho. Serginho me assombra. |

GENI — Mas é uma criança! Um menino! Herculano!

HERCULANO — Você não entende, ninguém entende. *(vivamente)* Tenho medo que esse menino. Geni, há entre nós e a loucura um limite que é quase nada. Não quero que meu filho enlouqueça! Não quero que ele sofra.

GENI *(com surda irritação)* — Seu filho não pode sofrer. E eu? Eu posso. Em mim você não pensa? Eu não existo?

HERCULANO — Ainda não acabei. *(muda de tom)* Tive uma ideia. Uma ideia. Mando Serginho viajar.

GENI *(sôfrega)* — Pra longe?

HERCULANO — Sim. Primeiro Europa. Depois Estados Unidos. Temos uns parentes em Portugal.

GENI — Ideia formidável! *(repete transfigurada)* Formidável!

HERCULANO — Com Serginho longe numa quinta em Portugal — as coisas se simplificam. Tenho mais liberdade de ação, de ser gente!

*(Geni põe a mão no próprio ventre.)*

GENI — Estou sentindo um frio por dentro. Aqui. Emoção.

*(Geni cola-se voluptuosamente a Herculano.)*

HERCULANO *(assustado)* — Fica quieta, Geni!
GENI *(num apelo)* — Vamos fazer uma loucura? Agora?
HERCULANO — Não, senhora. Você é que estava certa quando dizia: — "Só casando, só casando."
GENI — Escuta. Nós não vamos casar? Vem! No teu carro!
HERCULANO — Você está louca?
GENI *(desatinada)* — Então, ali. Olha, ali. Está escuro. Filhinho, não tem ninguém. Em pé! Em pé!
HERCULANO *(forte)* — Olha, Geni! Escuta! Quer me escutar?
GENI *(na sua frustração)* — Então eu vou me satisfazer sozinha.

*(Herculano, rápido, a segura pelos dois braços e sacode.)*

| | |
|---|---|
| HERCULANO | *(desesperado)* — Não fale assim! Não quero que você fale assim nunca mais. Aquela Geni acabou, pronto. Sou católico praticante. Só entendo o sexo no casamento. |
| GENI | *(num apelo)* — Só uma vez, essa vez! |
| HERCULANO | — Meu bem, raciocina! Você vai ter sua noite de núpcias, como se eu fosse deflorar você. E outra coisa. Eu tenho uma casa, longe da cidade. No subúrbio. Mobiliada, tem tudo lá. A família que estava lá saiu. Vamos pegar um táxi. Te deixo lá. Mas, já sabe: — eu volto, nada de dormir. Só quando for minha esposa. Você fica lá e não sai, não sai. |

*(Escurece o palco. Luz sobre o médico da família. Herculano está a seu lado.)*

| | |
|---|---|
| HERCULANO | — Doutor, preciso de um favor seu, um grande favor! |
| MÉDICO | — Fuma? |

| | |
|---|---|
| HERCULANO | *(sôfrego)* — Deixei de fumar. Me dá. Aceito. *(apanhando o cigarro)* Vou fumar um. |

*(O médico acende o cigarro do cliente e depois o próprio.)*

| | |
|---|---|
| HERCULANO | — Obrigado. |
| MÉDICO | — Qual é o problema? |
| HERCULANO | — O mesmo. Só tenho um problema — meu filho. O senhor examinou o Serginho. |
| MÉDICO | — Muito superficialmente. O garoto não se despe. Não houve meio. |
| HERCULANO | *(amargurado)* — Só não tem pudor das tias. O senhor sabe, que até hoje, é sempre uma tia que dá banho no Serginho, com as outras assistindo? |
| MÉDICO | — Mas aqui não quis nem tirar a camisa. Em todo caso, conversamos. |
| HERCULANO | *(impulsivamente)* — Qual foi a sua impressão, doutor? |
| MÉDICO | — A pior possível! |
| HERCULANO | — Não me assuste! |

MÉDICO — Herculano, na vida desse menino está tudo errado!

HERCULANO — O senhor diz muito mimo?

MÉDICO — Um rapaz que tem 17 anos, 17?

HERCULANO — Fez 18.

MÉDICO — Dezoito. Um homem, Herculano. Hoje, um garoto de 14 anos assalta, mata. Tudo é adulto. Serginho tem namorada? Não tem, não.

HERCULANO — Que eu saiba.

MÉDICO *(afirmativo)* — Não! Nunca teve! Ele me confessou. Outra coisa: não faz vida sexual. Não conhece nem o prazer solitário. Vocês querem criar um monstro? É isso? Simplesmente, esse menino precisa viver! E não devia ficar com as tias!

HERCULANO *(apanha, vorazmente, a sugestão)* — O senhor agora disse tudo! Tem toda a razão, doutor. As tias! Serginho precisava ser afastado das tias! Não está comigo?

MÉDICO — Também acho! Também acho!

HERCULANO  (*ávido*) — Agora o senhor vai me dar sua opinião. Uma viagem seria bom para Serginho?

MÉDICO  — Seria ótimo! Ótimo!

HERCULANO  (*sôfrego*) — Um menino que não sai do cemitério! (*ansioso*) Então, doutor, o senhor vai me ajudar. O senhor como médico tem autoridade suficiente. As minhas tias ouvem muito o senhor. Temos parentes em Portugal. Uma palavra sua seria decisiva.

(*Escurece o palco. Luz sobre as tias. Herculano na área iluminada.*)

HERCULANO  — Estive com o médico falando sobre Serginho.

TIA Nº 1  — Por que é que você se mete com a vida de Serginho?

HERCULANO  (*atônito*) — Sou o pai!

TIA Nº 2  (*feroz*) — Mas quem educou o menino fomos nós.

HERCULANO  — Eu sei, titia. Isso não se discute. Mas não é isso. O seguinte: — o doutor diz que

|   |   |
|---|---|
|   | seria bom para Serginho uma viagem. |
| TIA Nº 1 | *(atônita)* — Viagem? |
| TIA Nº 3 | *(para as outras, interrogando)* — Querem tirar o menino da gente? |
| HERCULANO | *(irritado)* — Vocês dizem menino, menino. Um adulto! |
| TIA Nº 2 | — Viagem para onde? |
| HERCULANO | — Europa. |
| TIA Nº 1 | — E nós? |
| TIA Nº 2 | — Você é mau, Herculano, você é mau! |
| TIA Nº 3 | *(sardônica)* — Deixa ele falar! |
| HERCULANO | *(desesperado)* — Vocês entendam! Procurem entender! É a saúde, é a vida de Serginho! Eu também sentiria a separação. Mas é um sacrifício que eu faria, e que vocês também fariam. |
| TIA Nº 1 | *(alto e feroz)* — Quem fala em sacrifício? E o nosso? |
| HERCULANO | — Eu reconheço que vocês foram formidáveis! |
| TIA Nº 1 | — Nenhuma de nós se casou! |

| | |
|---|---|
| TIA Nº 3 | — Nós só temos Serginho! |
| HERCULANO | — Calma, calma! Oh meu Deus! É uma loucura! Serginho não pode viver num cemitério! |
| TIA Nº 1 | — Pode viver, sim! E por que não? Serginho não vai esquecer a mãe, nunca! *(erguendo a voz)* Você tem coragem de falar do túmulo de sua esposa, você que passou três dias e três noites numa casa de mulheres? |
| HERCULANO | *(desesperado)* — Não é verdade! Não é verdade! *(muda de tom) (arquejante)* A ideia da viagem é do médico e não minha! |
| TIA Nº 1 | *(como se cuspisse)* — Médico comunista! |
| HERCULANO | *(atônito)* — É o médico da família. Bom médico. |
| TIA Nº 3 | — Pode ser bom médico, o sujeito que se amigou com a enfermeira? Uma mulata ordinária? |

*(Escurece o palco. Luz sobre padre Nicolau. Aparece Herculano.)*

**HERCULANO** — Padre Nicolau, eu vim aqui porque. Eu queria que o senhor me ajudasse. Preciso de sua ajuda.

**PADRE** *(rápido e malicioso)* — É sobre uma viagem?

**HERCULANO** *(atônito)* — O senhor já sabe?

**PADRE** — Parece.

**HERCULANO** — Então, minhas tias estiveram aqui?

**PADRE** — Deixe as perguntas para mim.

**HERCULANO** *(sofrido)* — Padre, o senhor quer me ajudar?

**PADRE** *(melífluo)* — Sou contra essa viagem.

**HERCULANO** — O senhor não concorda?

**PADRE** *(com mais vivacidade)* — A troco de que soltar esse menino no mundo? Meu filho, você não percebe que não tem sentido? Você pode perder esse rapaz. Ele não está preparado para a solidão. Outra coisa: — a ideia da viagem é sua?

**HERCULANO** — Pois é. Não é minha. Do médico.

PADRE — *(mais incisivo)* — Ah, então, muito pior.

HERCULANO — Não entendi. Por que muito pior?

PADRE — Esse médico não é um que tem atividade política?

HERCULANO — Socialista.

PADRE — Socialista, comunista, trotskista, tudo dá na mesma. Acredite: — só o canalha precisa de uma ideologia que o justifique e absolva. O menino deve ficar com as tias.

*(Escurece o palco. Luz sobre Patrício. Aparece Herculano. Patrício bêbado.)*

HERCULANO — Vim até aqui te fazer um apelo.

PATRÍCIO — Eu não disse nada! Juro!

HERCULANO — Patrício, olha!

PATRÍCIO — *(suplicante)* — Fala, mas não me insulta!

HERCULANO — *(sofrido)* — Não vim te insultar. Eu vou pagar as letras do carro, o tal calhambeque. Agora quero saber a verdade: — a história das três noites foi você quem contou a meu filho?

PATRÍCIO — *(desesperado)* — Não fui eu. As tias é que andam examinando as tuas cuecas!

HERCULANO — *(feroz)* — Não interessam as tias! *(muda de tom)* Mas não precisa confessar. Quero apenas o seguinte: — que você volte a Serginho e desminta tudo.

PATRÍCIO — *(exultante)* — Pode deixar, pode deixar! Eu digo a ele que eu estava bêbado. E que inventei tudo! Direi que sou um mentiroso! Eu convenço o garoto! Você hoje merece, Herculano! Agora deixa eu beijar a tua mão!

*(Escurece o palco. Luz sobre Geni. Vem Herculano. Está exaltado e infeliz.)*

HERCULANO — *(na sua cólera contida)* — Você saiu?

GENI — *(insolente)* — Por quê?

HERCULANO — — Saiu ou não saiu?

GENI — Sei lá!

HERCULANO — Geni, nós não tínhamos combinado que.

GENI *(interrompendo com violência)* — Não combinei nada!

HERCULANO *(forte)* — Combinou, sim, senhora! Você combinou! *(mais alto e desesperado)* — Quero saber aonde você foi!

GENI *(feroz)* — E quem te disse que eu saí? *(furiosa)* Já sei! Foi a criada, essa negra, velha e caduca! Ah, o ódio que eu tenho dessa miserável!

HERCULANO — Miserável, não! Me criou! Foi minha segunda mãe! É de toda a confiança, fique você sabendo!

GENI — Estou farta! Farta!

HERCULANO *(mudando de tom, suplicante)* — Por que é que você saiu?

GENI — Fui ao cinema.

HERCULANO *(quase chorando)* — Sozinha ou acompanhada?

GENI — Quem sabe?

HERCULANO *(fora de si)* — Você foi se encontrar com alguém?

GENI — Ciúmes de mim? Ah, é? E me admira você! Um sujeito que só pensa no filho! E me abandona aqui nesse fim de mundo! Uma semana sem aparecer!

HERCULANO — Mas telefono, não telefono?

GENI *(começando a chorar)* — Grande consolo! *(violenta)* Se esquece que eu sou moça? *(numa histeria)* Eu não morri! A mulher mais séria do mundo. Pode ser a mais séria e não pode viver sem homem!

HERCULANO — Geni, não grita!

GENI *(esganiçando-se)* — Grito! Grito! Grito!

HERCULANO — Não faz escândalo, Geni!

GENI *(possessa)* — Estou na minha casa e grito!

HERCULANO *(baixo e desesperado)* — Você me deve uma satisfação porque saiu sem minha ordem!

GENI *(fulminante)* — Não sou escrava!

HERCULANO *(sofrido)* — Você sabia que eu estou resolvendo a nossa

GENI situação, o nosso futuro, o seu futuro, Geni!

GENI — E daí? Conversa, conversa! *(muda de tom)* Nada disso impede que você seja homem para mim e que eu seja mulher para você. De noite não durmo. Fico rolando na cama, até amanhecer o dia!

HERCULANO *(espalmando a mão no peito)* — Lhe juro, lhe dou a minha palavra de honra que não tenho feito outra coisa, senão tratar da viagem do meu filho.

*(Geni recebe um impacto. Vira-se transfigurada.)*

GENI *(com novo interesse)* — E quando é que parte o teu filho?

HERCULANO *(baixando a vista)* — Não parte mais.

GENI *(atônita)* — Não parte mais?

HERCULANO — Fiz tudo. Mas ele não quer, as tias não querem. Ninguém quer. Não sei o que dizer mais, nem há o que dizer.

*(Geni cresce para Herculano. Cara a cara.)*

GENI *(com uma doçura ameaçadora)* — E se não há viagem, também não há casamento, não é? *(num berro)* Fala!

HERCULANO — Escuta. Não é bem assim. O que houve foi um adiamento. Um adiamento. Talvez mais tarde.

GENI *(ameaçadora)* — Continua, continua!

HERCULANO *(na sua pusilanimidade)* — É o seguinte: — Geni, vamos dar tempo ao tempo.

GENI *(repetindo, ainda baixo e com uma falsa doçura)* — Tempo ao tempo!

*(Geni tem finalmente a explosão, girando sobre si mesma, com as mãos na cabeça.)*

GENI — Burra, burra! Pensei que podia me casar. Mulher da zona não se casa! Tudo me acontece! E quem sabe se não está nascendo agora, agora, neste momento. *(Geni abre a blusa e apanha os dois seios)* A ferida no seio?

*(Herculano agarra a amante.)*

| | |
|---|---|
| HERCULANO | — Escute, Geni! Meu amor! |
| GENI | *(estraçalhando as palavras nos dentes)* — Tu merecia apanhar nessa cara! |
| HERCULANO | *(inseguro)* — Geni, eu não admito! |
| GENI | — Você tem moral pra não admitir? Eu aqui bancando a palhaça, tendo que me satisfazer sozinha! *(numa imitação soluçante)* Noite de núpcias! Vou deflorar você! *(muda de tom de paródia)* Você vai ser homem agora! Neste instante! |
| HERCULANO | *(desorientado e inseguro)* — Eu não me degrado. Vou-me embora, Geni. |
| GENI | *(triunfante)* — Vai! Pode ir, mas sabendo que você sai por uma porta e eu pela outra. Vou me entregar a qualquer um, na primeira esquina! |

*(Herculano chega a dar dois passos. Estaca e volta.)*

   HERCULANO *(com a voz estrangulada)* — Não, Geni, não.

*(Herculano abraça Geni, que permanece hirta, imóvel, de perfil erguido. Ele escorrega ao longo do seu corpo. Está agarrado às suas pernas.)*

   GENI *(lenta, a voz rouca de ódio)* — Beija os meus sapatos, como eu beijei os teus.

*(Herculano se degrada diante de Geni. Afunda a cabeça e beija os sapatos da moça. Soluça. Geni não se comove. Tem um esgar de nojo. Escurece o palco.)*

   GENI *(voz gravada de Geni)* — Então, começou a nossa loucura. Três dias e três noites sem parar. Virei o espelho para a cama. Te chamei para o jardim. Eu te pedia para me bater, para me morder. Eu também te batia e te mordia. Ah, te dei tanto na cara!

*(Luz sobre Geni e Herculano. Cama. Geni de bruços. Herculano, seminu, apanha e veste a camisa.)*

HERCULANO — Estou com as pernas bambas.
GENI — Me dá um cigarro.
HERCULANO — Acabou.
GENI — Tinha um.

*(Herculano apanha o maço.)*

HERCULANO — Tem um, sim.

*(Herculano põe o cigarro na boca e cata os fósforos.)*

HERCULANO — Dou uma tragada e você fuma o resto.

*(Herculano passa o cigarro para Geni. Ele continua se vestindo e ao mesmo tempo fala.)*

HERCULANO — Cansada?
GENI *(soprando a fumaça)* — Aquela dor nos ovários.
HERCULANO — Mas passa. Descansa, dorme. Olha, vou à cidade e, de noite, volto.
GENI — Pra quê?
HERCULANO — Não quer que eu volte?

GENI — Volta. A casa é tua. Volta. *(rápida e incisiva)* Mas vai dormir sozinho.

HERCULANO *(atônito)* — Que piada é essa?

GENI — Comigo não dorme.

HERCULANO — Você está falando sério, Geni?

GENI — Foi a última vez.

HERCULANO — Mas escuta. Meu bem, nós acabamos de fazer uma lua de mel de três dias. E de repente.

GENI — De repente, sim. Fumando esse cigarro. Resolvi acabar e pronto. Vou-me embora.

HERCULANO — Pra onde?

GENI *(violenta)* — Pra zona! *(mais moderada)* Meu lugar é lá e não aqui.

HERCULANO *(querendo agarrá-la)* — Meu amor.

GENI *(furiosa)* — Chega pra lá! E tem mais: — vou ser de qualquer um, menos de você. Querendo, você se vira com as outras. Comigo, não!

HERCULANO — Geni!

*(Herculano é interrompido. Alguém bate na porta com pancadas fortíssimas.)*

TIA — *(enrouquecida de pavor)* — Abre! Abre! Abre essa porta!

GENI — *(atônita)* — Quem é?

HERCULANO — *(apavorado)* — Minha tia! Fica aí, fica aí!

TIA — *(continuando a bater)* — Abre, desgraçado!

*(Herculano está junto à porta.)*

HERCULANO — Titia!

*(Geni está se cobrindo com um penhoar.)*

HERCULANO — Um momentinho!

TIA — *(como uma louca)* — Está me ouvindo, Herculano?

HERCULANO — Titia, vai pra sala que eu já vou!

TIA — Teu filho está morrendo!

*(Herculano abre a porta. A tia entra violentamente. Herculano agarra a velha pelos dois pulsos.)*

HERCULANO  *(numa alucinação)* — O que foi? O que foi que aconteceu com Serginho?

*(A tia perde a cólera.)*

TIA  *(em desespero)* — O ladrão boliviano. O ladrão boliviano.

HERCULANO  *(berrando)* — Diz coisa com coisa!

*(A velha desprende-se do sobrinho numa calma intensa, vai falando.)*

TIA  — Vou dizer coisa com coisa.

HERCULANO  *(chorando)* — Serginho está ferido?

GENI  *(histérica)* — Fala!

TIA  *(com a voz lenta e rouca)* — Serginho soube que você estava aqui com uma mulher. Uma vagabunda. Quis ver com os próprios olhos. E viu você e essa *(não lhe ocorre a palavra)*, os dois, nus, de noite, no jardim, nus. Você e essa. O menino fugiu. Entrou num café, sei lá, num botequim. Pela primeira vez, bebeu.

HERCULANO — *(berrando)* — O que aconteceu com meu filho?

TIA — *(contida mas tiritando)* — Estou dizendo coisa com coisa. Serginho bebeu e brigou.

HERCULANO — Mas está vivo? Está vivo?

TIA — — Prenderam o menino. Botaram o menino no xadrez junto com o ladrão boliviano. O outro era muito mais forte. *(exaltando-se)* E, então, *(tem um verdadeiro acesso)* o resto não digo! Vocês não vão saber! *(recua diante de Geni)* — Essa mulher não vai ouvir de mim nem mais uma palavra.

HERCULANO — — Mas está vivo?

TIA — *(incoerente, cara a cara com o sobrinho)* — Teu filho foi violado! Violado! Não é isso que você queria saber? *(vai até Geni e repete para Geni)* Violado! Violaram o menino!

HERCULANO — *(soluçando)* — Não! Não!

TIA   *(mudando de tom. Um lamento quase doce)* — O menino serviu de mulher para o ladrão boliviano! Gritou e foi violado! O guarda viu, mas não fez nada. O guarda viu. Os outros presos viram.

GENI   *(agarrando-se a Herculano)* — Eu não vou-me embora! Eu fico! Eu fico! Herculano!

HERCULANO   *(para Geni)* — Cachorra! Cachorra!

TIA   *(como uma demente)* — Está morrendo no hospital!

*(Herculano foge gritando. Então, como uma louca, a tia começa a dizer coisas.)*

TIA   *(andando pelo palco)* — Quando eu era garotinha, eu vi meu pai dizer uma vez: — "Pederasta, eu matava!" *(com súbita energia para Geni)* Mas o menino não é nada disso. Um santo, um santo!

GENI   *(desesperada)* — Madame, eu sei, eu sei! Eu conheço Serginho! Ele vai ficar bom, não vai morrer!

TIA — Devia morrer. Era melhor que morresse. Mas não quero que ele morra. E papai vivia repetindo. Aquela coisa sempre: — "Pederasta, eu matava! Matava!" Eu nem sabia o que era pederasta!

GENI — O que aconteceu com seu sobrinho pode acontecer com qualquer um!

TIA *(repetindo)* — Pode acontecer com qualquer um!

GENI — Acontece muito nessas prisões!

TIA *(como uma demente)* — Acontece, acontece. Meu pai, se fosse o Hitler, mandava matar todos os pederastas. O guarda viu, estava lá e viu. Os outros presos viram. *(com ferocidade)* Você é mulher da vida, mas tem que me acreditar. Meu menino não conhecia mulher, nunca teve um desejo. As cuecas vinham limpinhas, nada de sexo.

*(Súbito, a tia vira-se para o alto. Fala nítido como uma fanática.)*

TIA — Meu menino era impotente como um santo.

## FIM DO SEGUNDO ATO

# TERCEIRO ATO

*(Herculano entra no gabinete do delegado. A autoridade fala ao telefone com a amante. Herculano para na porta.)*

DELEGADO — *(radiante)* — É mesmo, cabeça a minha! Hoje é terça-feira, terça! Eu estava certo que o plantão do teu marido era amanhã! *(Herculano está junto à mesa do delegado)*

DELEGADO — *(para a presumível amante)* — Meu anjo, um momento! Não, não, um momentinho. *(para Herculano)* O senhor vai entrando assim! Isso aqui não é a casa da mãe Joana!

HERCULANO — *(fora de si)* — O senhor é que é o delegado?

*(Delegado ergue-se furioso.)*

DELEGADO — O senhor dirija-se ao comissário!

*(Herculano põe as duas mãos sobre a mesa.)*

HERCULANO *(gritando)* — Eu quero falar é com o delegado!

DELEGADO — Se gritar aqui dentro, o pau vai comer!

HERCULANO *(batendo na mesa)* — Comigo o senhor tomou o bonde errado! Depois do que aconteceu com meu filho, eu não tenho medo do senhor, nem de duzentos como o senhor! O senhor sabe quem sou eu? Sabe?

*(Espantado, o delegado volta ao telefone.)*

DELEGADO — Meu bem, já falo contigo! Ligo, já. O quê? É um caso aqui. Ligo dentro de cinco minutos. Um beijo, um beijo!

*(Delegado desliga. Volta-se para Herculano.)*

| | |
|---|---|
| DELEGADO | — De duas às quatro, não atendo a ninguém. Só depois das cinco horas! |
| HERCULANO | *(furioso)* — Vai me atender, sim! |
| DELEGADO | — O senhor está numa delegacia! |
| HERCULANO | *(feroz)* — Sim, na delegacia, onde fizeram com o meu filho. Um menino de 18 anos! Eu sou o pai, o pai! E estupraram esse rapaz, aí embaixo, nesse xadrez! |
| DELEGADO | *(travado)* — Ontem. Um ladrão boliviano. |
| HERCULANO | *(desatinado)* — É o que todos dizem — ladrão boliviano. E daí? |
| DELEGADO | — O senhor desce e fala com o comissário. |
| HERCULANO | — O senhor é que é o responsável! |
| DELEGADO | — O senhor está falando com uma autoridade! Eu lhe prendo, por desacato! |

*(Escurece o palco. Luz sobre as tias. Aparece Herculano.)*

| | |
|---|---|
| HERCULANO | — Meu filho não quer falar comigo? E não me recebe, por quê? |

| | |
|---|---|
| TIA Nº 1 | *(chorando)* — Está com vergonha, coitadinho! |
| HERCULANO | — Mas eu sou o pai! |
| TIA Nº 2 | — Você se esquece que é o culpado? |
| TIA Nº 3 | — Serginho não quer ver nem o pai, nem as tias. Só chama por Patrício. |
| HERCULANO | *(para si mesmo)* — Eu não acredito que meu filho me odeie! Quero o perdão de meu filho! Não posso viver, nem morrer, sem o perdão de meu filho! |

*(Escurece o palco. Luz na delegacia.)*

| | |
|---|---|
| HERCULANO | — Eu não vim me queixar. Não. Vim aqui, armado, armado para matar o ladrão boliviano. |
| DELEGADO | — O senhor tem porte de arma? |
| HERCULANO | *(num crescendo, sem ouvi-lo)* — Ia furar de balas esse filho da puta! |
| DELEGADO | — Oh, meu amigo! O senhor se acalma! |

*(Herculano na sua ira anda circularmente pela sala.)*

HERCULANO — Não posso olhar meu filho enquanto não matar, matar. *(muda de tom)* Mas chego aqui e sei que o ladrão boliviano foi solto. *(berrando)* Soltaram o ladrão boliviano! Soltaram! A polícia está louca?

DELEGADO — Polícia! Polícia! Eternamente a mesma coisa!

HERCULANO — Irresponsáveis!

*(O delegado explode, finalmente, bate na mesa.)*

DELEGADO — Chega! Agora o senhor vai me ouvir! Tem de me ouvir! Eu sou uma autoridade e não um palhaço!

*(Herculano emudece.)*

DELEGADO — Polícia coisa nenhuma! O senhor não conhece a nossa justiça! A polícia prende e a justiça solta! Apareceu aqui o advogado, um desses advogados

— com habeas corpus. *(arquejante)* A lei é cheia de frescuras!

HERCULANO   *(espantado)* — O senhor não percebe? É meu filho! Meu filho foi violentado num xadrez! Está num hospital e nem sei se a hemorragia parou! Ninguém vai fazer nada? Nada?

DELEGADO   *(contemporizando)* — Então, vamos lá. O que é que o senhor quer que eu faça? Diga, o quê? *(berrando)* Eu não sou o Poder Judiciário!

HERCULANO   — Mas alguém! Alguém tem que fazer alguma coisa! *(berrando)* Temos que fazer alguma coisa! Alguma coisa!

DELEGADO   — Ora, meu caro! *(incisivo)* Polícia é verba! Não temos xadrez, temos que improvisar um xadrez! Não há pessoal, nem espaço. O senhor já viu um depósito de presos? Vale a pena. Outro dia, o senhor não leu no jornal? Fizeram com um cego a mesma coisa, deram uma curra no cego! E era cego, fumava maconha, mas era cego. Polícia é verba!

*(Neste momento, bate o telefone. O delegado se sobressalta.)*

DELEGADO — *(sôfrego)* — Alô, alô! *(radiante)* Sou eu, meu bem. Estava ligando para ti. Um momentinho, um momentinho!

*(Delegado tapa o fone com a mão e fala com Herculano.)*

DELEGADO — Quer sair um momento. Fica no corredor. Espera lá.

HERCULANO — Eu ainda não disse tudo!

DELEGADO — Estou besta com a minha paciência! *(furioso)* O senhor sai! É um assunto importante. Quando acabar, eu chamo o senhor. Saia!

*(Herculano sai da luz. Delegado atraca-se ao telefone.)*

DELEGADO *(radiante)* — Meu bem, um chato aqui, que não me larga. Mas olha, está ouvindo, coração? Tenho

um pedido pra te fazer. Um
pedido. O seguinte: — você me
espera vestida, mas sem calça.

*(Escurece o palco. Luz sobre o padre Nicolau. Entra Herculano.)*

HERCULANO — Padre, há uma coisa, uma ilha onde as crianças têm câncer antes de nascer. Depois do que aconteceu com meu filho, acho, padre *(ergue a voz)*, acho que a ilha está certa.

PADRE — Meu filho, reze! A oração é tudo!

HERCULANO *(veemente)* — Quero rezar, quero! Mas ao mesmo tempo sei que há um fato. Nenhuma oração vai alterar o que aconteceu no xadrez. De vez em quando, eu começo a imaginar como aconteceu. Não consigo tirar isso da cabeça, não consigo! Meu filho gritando. *(muda de tom)* Padre, o verdadeiro grito parece falso. *(delirante)* Não é? O sujeito que sofre uma amputação, sim, um mutilado grita como ninguém. Eu vi uma vez um rapaz que acabava de perder as duas mãos numa guilhotina de papel. Ele gritava, como se estivesse apenas imitando, apenas falsificando a dor da carne ferida.

*(Apaga-se a luz. Herculano no médico.)*

HERCULANO *(em tom de apelo)* — Doutor, o senhor vai me dizer. Eu lhe peço, peço, pra não ser convencional. Quero a verdade!

MÉDICO — Fuma?

HERCULANO *(sôfrego)* — Vou fumar, sim!

*(Médico acende o cigarro de Herculano.)*

MÉDICO — Faça a pergunta.

HERCULANO — O senhor acredita que isso que aconteceu, essa monstruosidade, que isso possa alterar, entende? Mudar, enfim, a personalidade do meu filho?

MÉDICO *(começando)* — Meu caro.

HERCULANO (*impulsivamente*) — Não responda, já. A pergunta tem que ser mais clara. Deixa eu tomar coragem. *(de um jato)* O senhor admite que meu filho possa deixar de ser homem?

MÉDICO (*taxativo*) — Mas absolutamente! Por que deixar de ser homem? Seu filho é inocente. Mais inocente do que eu e você, porque ele foi humilhado e nós estamos aqui, fumando e batendo papo!

*(Escurece o palco. Luz sobre o padre. Herculano aparece.)*

HERCULANO — Imagina, padre, imagina! *(muda de tom)* Estou tomando o seu tempo?

PADRE — Tenho um batizado daqui a pouco. Mas pode falar.

HERCULANO — É rápido. Quando a minha mulher. O senhor sabe que eu tinha adoração — adoração! — por minha mulher. E quando ela morreu, eu estava disposto a me matar. Dois dias depois do enterro, descobri o revólver que tinham escondido. Tranquei-me no quarto. E, lá, cheguei a introduzir na boca o cano do revólver. Mas isso me deu uma tal ideia de penetração obscena. Desculpe, desculpe! Mas foi o que senti no momento — penetração obscena. Então, então desisti de morrer. *(numa explosão)* E, agora, fazem isso com meu filho! O senhor dirá que uma coisa não tem nenhuma relação com a outra. *(espantado)* Na minha cabeça, as duas coisas se misturam. Não me matei, porque tive nojo, asco do sexo!

PADRE — Vai me dar licença, porque está em cima da hora.

HERCULANO *(sôfrego)* — Só mais uma palavra! *(atropelando as palavras)* Eu queria que o senhor me dissesse se o meu raciocínio está certo. Se. É o seguinte.

PADRE — Passa aí depois.

HERCULANO — Um instantinho só. Eu acho que se Deus existe, existe. Sim, se Deus existe o que vale é a alma. Não é a alma?

PADRE — Adiante.

HERCULANO — Ou estou errado? Quer dizer, então, que o fato, a curra, passa a ser um vil, um mísero, um estúpido detalhe. A hemorragia também um detalhe, tudo um vil detalhe!

*(Escurece o palco. Luz sobre Geni. Entra Herculano.)*

HERCULANO *(atônito)* — Você ainda está aqui?

GENI *(doce e triste)* — Te esperando.

*(Herculano faz um gesto apontando.)*

HERCULANO *(aos berros)* — Rua! Rua!

GENI — Herculano, eu não saio daqui! Pode me xingar, me botar pra fora, que eu volto, Herculano, eu volto!

HERCULANO — Quer ver como eu te parto a cara?

GENI — Faz, faz o que você quiser. Eu não me incomodo. *(impulsivamente)* Mas você precisa de mim, Herculano!

HERCULANO *(numa explosão)* — Cínica!

GENI — Eu não abandono o homem que está por baixo! *(na ânsia de convencê-lo)* Ninguém me conhece, mas eu me conheço. Herculano, eu preciso ter pena. O meu amor é pena. Eu estou morrendo de pena. Juro, Herculano! Pena de ti e do teu filho!

HERCULANO — Olha, Geni. Você foi a culpada. Eu também. Mas você ouviu? Você ainda é pior. *(num berro mais feroz)* Mulher da zona, teu lugar é na zona!

GENI *(doce e violenta)* — Aqui a teu lado!

HERCULANO — Eu não quero!

GENI *(chorando)* — Vou ser tua criada, criada do teu filho! Vou lavar chão, mas não saio. Herculano! Não saio daqui, até o fim da minha vida! E não quero nada —

|||ouve, Herculano, ouve! —, não quero nada senão um prato de comida e um canto pra dormir!

HERCULANO — Você não me engana. Qual é o teu plano? Você tem um plano, e qual é?

GENI *(fanática)* — Viver pra você e pra Serginho!

HERCULANO — Não fala do meu filho! E se abrir a boca pra falar do meu filho...

GENI *(impulsivamente)* — Herculano, preciso ver Serginho, imediatamente.

HERCULANO *(num berro)* — Está de porre?

GENI *(histericamente)* — Antes que seja tarde! *(baixo e feroz)* Nem que você me mate de pancada, eu falo, falo com teu filho! Eu tenho pena do teu filho e quando eu tenho pena sou uma santa! *(erguendo a voz)* Herculano, eu conversei com tuas tias! Vim de lá!

*(Escurece o palco. Luz sobre as tias. Geni aparece.)*

TIA Nº 2 — Retire-se ou eu chamo a radiopatrulha!

GENI — Minha senhora, a senhora não sabe o que eu vim dizer. Eu vim aqui.

TIA Nº 3 — Ponha-se lá fora!

GENI *(desesperada para a Tia nº 1)* — A senhora, que me conhece, que falou comigo. Eu tenho uma coisa para dizer muito importante. *(para a outra)* Madame, deixa eu falar, e depois eu vou-me embora!

TIA Nº 2 — Estava nua no jardim!

GENI — Pelo amor de Deus!

TIA Nº 3 — Uma vagabunda na nossa casa!

TIA Nº 1 — Mas fala! Depois do que aconteceu com Serginho nada mais me espanta! Você pode ficar nua!

TIA Nº 2 — Nada me espanta, nada, nada!

TIA Nº 1 — Fala de uma vez!

GENI — Madame, a senhora pode acreditar. Sou quem sou, mas sou diferente. *(para a tia conhecida)* Não sou como as outras. A madame sabe. Vou morrer de uma ferida no seio.

TIA Nº 3 *(histericamente)* — Se Serginho morrer, não quero autópsia!

GENI *(erguendo a voz)* — Foi praga de minha mãe! Tenho certeza. Primeiro, vai nascer um carocinho. Depois, abre a ferida. Tão certo como hoje é véspera de amanhã.

TIA Nº 3 *(na sua obsessão)* — Autópsia, não! Autópsia, não!

GENI — Preciso ver esse menino! Tem que ser já!

*(Escurece o palco. Luz sobre Herculano. Geni aparece.)*

GENI — Tuas tias me expulsaram de lá.

HERCULANO — Pela última vez! Ou você sai por bem ou quem chama a radiopatrulha sou eu. E você vai sair daqui debaixo de borrachada.

GENI — Herculano! Se eu não falar com teu filho, ele morre!

*(Escurece o palco. Passagem para o quarto de Serginho no hospital. Patrício está junto ao leito.)*

SERGINHO  *(com a voz estrangulada)* — Patrício.

*(Pausa.)*

PATRÍCIO — Estou ouvindo.
SERGINHO — Vou matar essa mulher.
PATRÍCIO — A Geni?
SERGINHO — Quando eu sair daqui — mato, mato!
PATRÍCIO *(vacilante)* — Serginho, posso te fazer uma pergunta?
SERGINHO *(obsessivo)* — Mato essa mulher!
PATRÍCIO *(incerto)* — Você ainda gosta, ainda gosta de seu pai?
SERGINHO — Não tenho pai! Esse pai, não quero!
PATRÍCIO — Serginho, quero te pedir um favor! Um favor, Serginho! Está me ouvindo?
SERGINHO *(vago e delirante)* — Não tenho pai.

| | |
|---|---|
| PATRÍCIO | — Ouve, Serginho. Herculano está aí, do lado de fora. E eu prometi. |
| SERGINHO | — Aqui não entra! Não deixo! |
| PATRÍCIO | — Serginho, escuta. Ele só entra, se você quiser. Se você deixar. Mas é um pedido, um pedido que eu te faço. Deixa teu pai entrar um minuto. Ele sai logo. Faz isso por mim, por mim, Serginho. |
| PATRÍCIO | — Você diz o que quiser. Ou então não diz nada. Fica calado. Isso é com você. Senão, quem vai ficar mal sou eu. |

*(Silêncio. Ainda. Então, Patrício sai e Herculano entra. Para diante da cama.)*

| | |
|---|---|
| HERCULANO | *(baixinho e comovido)* — Serginho, sou eu, teu pai. |

*(Nenhuma resposta. Herculano começa a chorar.)*

| | |
|---|---|
| HERCULANO | — Olha, eu. Fui armado à delegacia para matar o bandido. Ia caçar o sujeito à bala. Ouviu, meu filho? Dar-lhe seis tiros! |

Como se mata um cachorro! *(recomeça a chorar)* Sabe que ele não estava mais lá? Tinha sido solto. Habeas corpus. Solto, o cão!

*(Silêncio ainda.)*

HERCULANO — Mas escuta, meu filho. Conversei agora com o médico. Ele me garantiu que, daqui a uns dias, você pode voltar para casa. Quando você sair daqui, nós dois — eu e você — vamos caçar esse ladrão boliviano. Eu não o conheço, posso passar por ele sem saber quem é, mas você conhece. Nós dois matamos o ladrão boliviano! Eu te prometo — nós dois!

*(Serginho ergue meio corpo.)*

SERGINHO *(com voz rouca, quase desumana)* — Não fala nesse, nesse! *(muda de tom)* E da sua amante? Por que não fala na sua amante?

HERCULANO — Meu filho, você me perdoa?

SERGINHO — Você não pode falar em perdão! Por sua causa, e por causa de sua amante, aconteceu "aquilo"! E eu perdi minha mãe!

HERCULANO — Serginho, tua mãe morreu muito antes!

SERGINHO *(exultante)* — Não para mim! *(põe a mão no peito)* Eu ia ao cemitério e conversava — conversava com o túmulo de minha mãe. *(feroz)* Não estou maluco, não! Malucos estão vocês! *(radiante)* De noite, ela entrava no meu quarto. Eu não dormia sem o seu beijo. *(muda de tom)* Mas depois — depois que aconteceu "aquilo" — nunca mais mamãe voltou. Tem vergonha de mim, nojo de mim. Tudo por sua causa e de sua amante.

HERCULANO — Serginho, eu queria te dizer uma coisa.

SERGINHO — Por que entrou nesse quarto?

HERCULANO *(num crescendo)* — Ouve, meu filho. Se alguém te disse que eu ia casar com essa mulher, é mentira, calúnia! Jamais me passou pela cabeça essa ideia. E nem é minha amante! Uma prostituta não é amante, é a mulher que todos usam — mas pagando! Nunca seria minha esposa, nunca! E você tem que acreditar em mim! Você nunca viu seu pai mentir. *(cai a exaltação de Herculano)* Serginho, a um pai se perdoa!

SERGINHO — Eu não te perdoarei nunca. O pai acabou. Eu não tenho pai!

HERCULANO — Você não tem mais nada pra me dizer?

SERGINHO *(lento e feroz)* — Pela última vez, vou te chamar de pai. Meu pai, eu não irei a teu enterro!

*(Escurece o palco. Luz sobre Geni e Patrício.)*

PATRÍCIO — Você é besta! Tira isso da cabeça!

GENI — Me faz esse favor, Patrício!

PATRÍCIO — O menino quer te matar, criatura!

GENI *(fanática)* — Patrício, eu não vou morrer de tiro nem de facada!

PATRÍCIO — Esse papo de ferida pra cima de mim, não!

GENI — Se você me levar, eu te dou todas as minhas joias!

PATRÍCIO — Sua burra! Herculano também quis me subornar. Resultado — fui dizer ao Serginho que vocês iam se casar. Também fui eu que levei Serginho pra ver vocês dois, nus, no jardim. Cuidado comigo!

GENI — Então vou sozinha e que se dane!

PATRÍCIO — Vem cá, Geni. Sem querer, você me deu uma ideia.

GENI — Topa?

PATRÍCIO — Geni, você vai me dar o retrato, aquele, o célebre, de você nua.

GENI — Não te dou retrato nenhum!

PATRÍCIO — Então, não te levo ao Serginho. Ele só faz o que eu quero. O garoto está maluco. Mas é uma loucura que aderna para um lado ou para outro, segundo a minha vontade.

*(Escurece o palco. Passagem para Herculano e o médico.)*

HERCULANO — O que me espantou, doutor, é que ele não disse nem uma palavra sobre o ladrão boliviano.

MÉDICO — Ora, Herculano.

HERCULANO — Isso quer dizer o quê, doutor?

MÉDICO — Evidente. Defesa, defesa normal e obrigatória. O menino precisa não se lembrar, precisa esquecer.

HERCULANO *(desesperado)* — Eu é que não me esqueço um minuto. Estou sempre com isso na cabeça. E sonho. O senhor acredita, se eu lhe disser que sonho todas as noites com o ladrão boliviano?

MÉDICO — Você cultiva, Herculano, cultiva essa obsessão. Não é só o garoto que precisa esquecer: — você também, as tias, todos nós!

HERCULANO — Mas ele me odeia, doutor!

MÉDICO — Herculano! Não valorize uma reação passageira que você, como adulto e como pai, tem que compreender. Não lhe disse? Você está dramatizando tudo!

HERCULANO — O senhor tem razão. Vou-me embora, doutor.

MÉDICO — Me dá notícias.

*(Herculano sai. Médico examina umas notas do consultório. Volta Herculano.)*

HERCULANO — Voltei para lhe contar uma coisa. O que me doeu ainda mais, sabe o que foi? *(numa tensão insuportável)* Um tira me disse, na delegacia. Até isso, até isso. Me disse que o ladrão boliviano tinha sido, na terra dele, barítono de igreja. Antes de ser ladrão, ou já era ladrão e cantava nas missas. Também cantava aqui no xadrez. Pelo que a polícia me descreveu, é um sujeito dos seus 33 anos, imundo, mas bonito.

*(Escurece o palco. Passagem para Serginho e Patrício.)*

PATRÍCIO — Serginho, só há um culpado, que é teu pai!

SERGINHO — E ela?

PATRÍCIO — Era Herculano que estava nu no jardim. E essa mulher, entende? Ela se despe por ofício. *(baixo e diabólico)* As mortas veem tudo e tua mãe viu.

SERGINHO *(atônito)* — As mortas veem tudo e minha mãe também me viu na prisão quando, quando. — Esquece o ladrão boliviano.

SERGINHO *(lento)* — Você quer que eu mate meu pai?

PATRÍCIO *(com súbita euforia)* — Matar, não. Não vai morrer, não, que esperança! Serginho, se você odeia seu pai, eu odeio meu irmão. Odiamos o mesmo homem. *(mais baixo ainda, com um riso curto e pesado)* Precisamos não esquecer as tias, hem, Serginho?

SERGINHO — As velhas!

PATRÍCIO — Você reparou como as nossas tias têm morrinha?

SERGINHO *(sofrido)* — Mas eu ainda gosto das tias.

PATRÍCIO — Também não desgosto. São chatas, mas deixa pra lá.

SERGINHO — Só agora eu vejo que não gostei nunca do meu pai. Mesmo antes de mamãe morrer. Sempre odiei e não sabia.

PATRÍCIO — Mas ouve, Serginho. Na nossa família, eu sou um bicho, me tratam como um bicho. Mas chegou a nossa hora. *(respira fundo)* O que você vai fazer com seu pai é muito pior que a morte.

SERGINHO — O que é que é pior do que a morte?

PATRÍCIO — Ouve, Serginho, ouve a minha ideia. Passei a noite em claro, só pensando o seguinte: — teu pai se casar com a Geni.

SERGINHO — Com uma prostituta?

PATRÍCIO — Pois teu pai vai ser o marido e a prostituta vai ser a esposa!

SERGINHO — Esposa, como minha mãe?

PATRÍCIO — Esse casamento é preciso, sabe por quê? Porque você vai cornear seu pai! Compreendeu agora?

SERGINHO — Tenho nojo dessa mulher!

PATRÍCIO — Mas é tudo calculado. Entende? Não é prazer, nem desejo, mas vingança! E é você que vai exigir o casamento!

SERGINHO — Não! Não!

PATRÍCIO *(enlouquecido)* — Sou eu que estou mandando! *(cai de tom)* Ouve o resto. Os dois se casam. Um dia, há uma ceia na família. Todo mundo presente. Teu pai numa cabeceira e você na outra. E você, então, diz isso, apenas uma palavra basta: — "Cabrão." Só, nada mais!

*(Os dois se olham. Silêncio. Patrício apanha o retrato.)*

PATRÍCIO — Agora vê esse retrato. Olha, olha.

SERGINHO *(no seu espanto)* — Tirou retrato completamente nua!

PATRÍCIO — Corpo bem-feito. Olha! Seio bonito.

*(Escurece o palco. Quando volta a luz sobre Serginho, Patrício não está e Geni vem entrando.)*

GENI *(transida de medo)* — Está melhor?

SERGINHO *(cobrindo o rosto com uma das mãos)* — Você, você.

GENI — Patrício disse que eu podia vir. Eu soube que você está passando bem e que.

*(Serginho, então, tira a mão que cobre o rosto e, pela primeira vez, olha Geni.)*

SERGINHO *(desesperado)* — Está rindo de mim?

GENI *(também desesperada)* — Não estou rindo, estou chorando!

SERGINHO *(do mesmo modo, furioso)* — Ou chorando? *(num crescendo)* Chora, por quê?

GENI *(numa explosão)* — Pena, pena!

SERGINHO *(atônito)* — Pena! *(enfurecido)* E Patrício mandou você aqui, sabendo que você tem pena de mim? Quero saber por que você tem pena.

GENI — Não é isso! Eu falo demais! Às vezes, digo o que não devo!

SERGINHO — Se você chora, e tem pena, é porque pensa no que me aconteceu. Você está pensando "naquilo"!

GENI — Eu lhe juro!

SERGINHO — Todos que entram aqui, todos. Médicos e enfermeiras. Todos pensam a mesma coisa.

GENI *(numa explosão)* — Se os outros pensam, eu não penso!

SERGINHO — Vem cá. Aqui.

*(Serginho apanha a mão de Geni.)*

SERGINHO — Se você quer viver, nunca, nunca, toque nesse assunto. Se você disser uma palavra sobre, sobre.

GENI — Está me machucando.

SERGINHO *(mudando de tom, e, agora, caricioso e ameaçador)* — Mas

eu sei que você não vai esquecer.
*(sem transição)* Vai lá, fecha a
porta e volta. Escute, se quiseres,
aproveita e foge, some.

*(Geni vai fechar a porta a chave e volta.)*

GENI — Eu fico.
SERGINHO — Senta aqui. Aqui na cama.

*(Geni obedece.)*

SERGINHO — E, agora que estamos sozinhos, se eu te esganasse, assim?

*(Serginho põe as mãos no pescoço de Geni, como se, realmente, a fosse estrangular.)*

GENI *(com sofrida humildade)* — De você, eu não tenho medo.
SERGINHO *(bruscamente)* — Você sabe que "ele" está solto? Saiu da prisão?
GENI — Quem?
SERGINHO — Ele! Ele! *(como se falasse para si mesmo, esquecendo Geni)* Fala espanhol! Fala espanhol!

Eu que, antigamente, achava que espanhol era mais bonito que o italiano. *(baixo)* Nunca mais posso ouvir ninguém falar espanhol.

*(Geni agarra-se ao rapaz.)*

| | |
|---|---|
| GENI | — Esquece! Não pensa! |
| SERGINHO | *(dolorosamente)* — "Ele" está aí. |
| GENI | *(olhando em torno e em pânico)* — Onde? Onde? |
| SERGINHO | *(meio alado)* — Perto daqui. Um bicho, sabe, não sabe? Quando vem a chuva? *(veemente)* Eu também sei, sei quando "ele" vem, quando "ele" se aproxima, quando "ele" está por perto. *(mais forte)* Se eu abrir a janela hei de ver um homem na calçada, ou na esquina. "Ele" está cercando o hospital! |
| GENI | *(violenta)* — Serginho! Ouve, Serginho! Não tem ninguém! Esse homem está longe! |
| SERGINHO | *(violento)* — Perto, perto. "Ele" me segue! Eu sinto. *(num |

*medo maior)* Talvez esteja no corredor.

*(Serginho cai de joelhos. Tem um fundo gemido. Ela cai de joelhos, também. Aperta o rosto do rapaz entre as mãos.)*

GENI — Meu amorzinho! Eu estou aqui!

SERGINHO *(soluçando)* — Não sei quem foi que disse que o espanhol era língua de namorado, de amante!

GENI — Você tem que esquecer.

*(Serginho aponta numa direção vaga; parece delirante, outra vez.)*

SERGINHO — "Ele", outra vez! Vem, vem nessa direção, na direção do hospital! Atravessa a rua, Geni!

GENI — Você está sonhando!

*(Voz gravada de Geni.)*

SERGINHO *(gritando)* — E você? Está aqui, por quê?

GENI — Sou sua amiga!

SERGINHO — Que vontade de te quebrar a cara!

GENI *(radiante)* — Me humilha! Pode me humilhar! *(rindo chorando)* Eu quero ser humilhada!

SERGINHO *(feroz)* — Tira a roupa!

*(Geni recua.)*

GENI — Não, Serginho, não!

SERGINHO — Tira tudo!

GENI *(sôfrega)* — Você está doente, está fraco! Vai fazer mal!

SERGINHO — Fica nua! *(numa euforia desesperada)* Não é desejo. Estou vingando minha mãe! É vingança!

*(Geni exalta-se.)*

GENI — Vingança minha também! Eu também me vingo! *(soluçando)* Me vingo de ninguém. *(mudando de tom e desabotoando a blusa)* — Olha os meus seios enquanto são bonitos!

SERGINHO  *(rouco de desejo)* — Mostra, deixa eu ver.

GENI  *(mostra os seios mas vira o rosto, com uma brusca vergonha) (chorando rindo)* — Sabe que, de repente, está me dando vergonha, não sei, vergonha de você?

SERGINHO  *(baixando a voz, no seu desejo cruel)* — Você vai me contar o que é que meu pai faz contigo. O que vocês dois fazem. *(com ressentimento e dilacerando as palavras nos dentes)* Vou fazer tudo, tudo que meu pai faz contigo.

GENI  *(sôfrega)* — Tudo? *(muda de tom) (súplice)* — Escuta, o que você quiser que eu faça, eu faço. Mas há certas coisas que o homem faz e, depois, tem nojo da mulher. *(com desespero)* Eu não quero que você tenha nojo de mim!

SERGINHO  *(maligno)* — Meu pai já teve nojo de você?

GENI *(desesperada)* — Mas seu pai não é como você. Você é diferente. *(passando a mão nos cabelos do rapaz)* Tão novinho!

*(Geni abraça-se ao rapaz, sôfrega.)*

GENI — Às vezes, eu tenho nojo de mim mesma.

SERGINHO *(cruel)* — Por que é que você ainda não tirou tudo?

GENI *(numa ânsia de menina)* — Está muito claro. Posso apagar a luz?

SERGINHO *(insultante)* — Com meu pai, você apaga?

GENI *(tiritante de febre)* — Mas se você prefere, a gente deixa acesa. *(sem transição)* Serginho, sabe que eu não acho bonito corpo de mulher?

SERGINHO *(como se a chicoteasse)* — Continua! Fala, fala!

GENI *(exaltando-se também)* — Quando eu vejo uma colega despida, sinto um enjoo. Você não faz ideia o enjoo!

*(Ao mesmo tempo que fala, ela atira longe os sapatos e começa a se despir. Serginho a interrompe brutalmente.)*

SERGINHO — Não tira a roupa! Está tirando a roupa, por quê?

GENI *(desatinada)* — Você não pediu, não mandou?

SERGINHO *(furioso)* — Ou pensa que eu vou fazer alguma coisa em você?

GENI — Eu conto o que nós fazemos, tudinho, eu e teu pai!

*(Serginho parece falar agora para alguém invisível.)*

SERGINHO — Eu não estou traindo meu pai! Prostituta não trai! *(num berro)* O que é você, hem, sim, você?

GENI *(atônita)* — Eu?

SERGINHO — Você não é prostituta? *(com a voz estrangulada)* Diz!

GENI — Sou.

SERGINHO *(possesso)* — O quê? O quê?

GENI *(numa explosão)* — Prostituta!

*(Serginho, com triunfante crueldade, põe-se a berrar.)*

SERGINHO — Então, vai-te embora! Sai daqui! Sai daqui!

GENI *(desesperada)* — E não volto nunca mais?

SERGINHO *(baixo e ofegante)* — Volta casada. Casa com meu pai e volta. Como esposa. *(berrando novamente)* Tem que ser a mulher do meu pai, a esposa *(baixo novamente)* e minha madrasta.

*(Geni foge. Serginho cai de joelho, baixa a cabeça. Escurece o palco. Passagem para o médico, Herculano presente.)*

HERCULANO *(na sua euforia)* — Doutor, o senhor acredita em milagre?

MÉDICO — Acredito no homem.

HERCULANO *(comovidíssimo)* — Está certo, está certo! Eu também. No homem, sim. *(vivamente)* Mas, doutor, o senhor me desculpe. Se tirarem do homem a vida eterna, ele cai de quatro, imediatamente.

MÉDICO *(risonhamente)* — Então, eu sou um quadrúpede.

HERCULANO  *(desconcertado)* — Oh, doutor, que é isso? A vida eterna está com o senhor, mesmo contra a sua vontade!

MÉDICO  *(com afetuosa ironia)* — Muito obrigado. *(sem transição)* Mas qual é o seu milagre?

HERCULANO  — Primeiro, vou lhe contar a história de dois beijos. O seguinte: — uma vez eu fiz um favor ao meu irmão Patrício. E ele me beijou a mão. Confesso que não entendi e que achei esse beijo meio abjeto. Pois bem. Agora, chegou a minha vez. *(sôfrego)* Eu acabei de beijar a mão do meu filho.

MÉDICO  — Serginho?

HERCULANO  — E sabe por quê?

*(Herculano cobre o rosto com uma das mãos e chora.)*

HERCULANO  — Desculpe, doutor.

MÉDICO  — Não tenha vergonha de chorar.

HERCULANO  — Mas imagine, Serginho me procurou, hoje, e me pediu, quase exigiu, que eu me casasse com Geni. De repente, eu senti que a criança era eu e o adulto ele.

MÉDICO — Qual foi sua resposta?

HERCULANO — Minha resposta? Ah, doutor! Chorando, beijei a mão de meu filho. E ele sabe do passado de Geni, sabe tudo.

*(Apaga a luz sobre os dois. Passagem para o padre Nicolau. Chega Herculano.)*

HERCULANO — Padre, hoje eu acordei com vontade de perdoar.

PADRE — Perdoar o que e por quê?

HERCULANO — Não pensei em ninguém, particularmente. Um perdão impessoal, indiscriminado. Perdoar a todo o mundo, sei lá.

PADRE — Meu filho, não tenha pressa de perdoar. A misericórdia também corrompe.

*(Escurece o palco. Luz sobre o médico. Herculano volta.)*

| | |
|---|---|
| HERCULANO | — O que eu chamo milagre é essa ressurreição. Minha também. E de Geni. O senhor não sabe que caráter é Geni! E a bondade, a delicadeza! Até o Patrício mudou tanto! |
| MÉDICO | — Mas, afinal, você atribui ao milagre o que é mérito do seu filho. *(sem transição)* E o casamento? Vai sair? |
| HERCULANO | *(taxativo)* — A partir de amanhã começo a tratar dos papéis. *(sem transição)* Mas, doutor! O Serginho esteve aqui ontem. Agora o senhor vai dizer a sua opinião. O que é que o senhor achou? |
| MÉDICO | *(taxativo)* — Outra coisa! Da vez passada, não pude nem examinar o tórax do rapaz. Tinha pudor do peito, como de um seio. Mas ontem despiu-se, subiu nu na balança. E muito mais viril. |
| HERCULANO | — Doutor, não é uma ressurreição? |

MÉDICO — É o homem, sempre o homem, Herculano. Não há, nunca houve o canalha integral, o pulha absoluto. O sujeito mais degradado tem a salvação em si, lá dentro.

HERCULANO — Tem mais, tem mais. Serginho convenceu as tias. Elas aceitam o casamento. Estão discutindo o enxoval com Geni.

MÉDICO *(pousando a mão no ombro do cliente)* — Herculano, o homem é tão formidável que veja você: — houve o que houve com seu filho. Pois essa monstruosidade foi o ponto de partida para todo um processo de vida. *(mais vivamente)* De ressurreição, como diz você. Serginho se salvou, você se salvou, e suas tias e Patrício.

HERCULANO — Doutor, o senhor não pode viver sem Deus! O senhor tem que acreditar em Deus! Quer queira, quer não, o senhor é eterno!

*(Escurece o palco. Ouve-se a voz gravada de Geni.)*

GENI — Um mês depois, nós nos casamos, Herculano. Civil e religioso. Serginho foi um dos padrinhos. Na igreja, eu tinha vontade de gritar, gritar.

*(Luz no palco. As três tias sentadas num banquinho.)*

TIA Nº2 *(a medo)* — Geni está com uns modos tão bonitos que nem parece uma mulher que. *(para, a medo)*

TIA Nº1 *(autoritária e líder das outras)* — Mulher que o quê? *(ameaçadora)* Eu não admito que na minha presença.

TIA Nº2 *(apavorada)* — Estou falando baixo.

TIA Nº1 *(ameaçadora)* — O que é que você ia dizer de Geni?

TIA Nº3 — Geni agora é da família.

TIA Nº2 *(tiritando de timidez)* — Mas eu ia elogiar Geni. *(querendo agradar a outra)* A gente olha para Geni e não diz que ela foi da zona.

TIA Nº1 — Você está louca?

TIA Nº2 — Eu, louca?

TIA Nº1 *(acusadora)* — Sim, sim. Você é a mais velha de todas. *(rápida e incisiva)* Sabe o que é arteriosclerose? *(para a outra)* Não é, mana?

TIA Nº3 — Está com arteriosclerose!

TIA Nº1 — Geni nunca foi da zona. Honestíssima! Você é que pôs isso na cabeça, porque está fraca da memória. Arteriosclerose!

TIA Nº2 *(quase sem voz, apavorada)* — Não me internem! Eu não quero ser internada!

TIA Nº1 *(incisiva)* — Então, não repita, nunca mais, que Geni foi da zona. Geni se casou virgem.

TIA Nº3 — Virgem.

TIA Nº2 *(doce, humilde e sofrida)* — Geni se casou virgem.

*(Escurece. Luz sobre Patrício e Serginho.)*

PATRÍCIO — Está na hora, Serginho?

SERGINHO — Não ouvi.

PATRÍCIO — Hora de fazer aquilo. Quando é que você vai chamar teu pai de corno?

SERGINHO *(frívolo)* — Só vendo.

PATRÍCIO *(rápido)* — Ou está com medo?

SERGINHO — Não é medo. Mas preciso ver se ainda tenho ódio, aquele ódio.

PATRÍCIO — Já vi tudo. Covarde como o pai. Toma uma atitude de macho, rapaz!

SERGINHO — Patrício, o problema é meu.

*(Luz sobre Geni. Cama. Aparece Serginho. Deita-se ao lado de Geni.)*

GENI — Meu bem, não morde. Ontem, o velho me perguntou que marca era aquela que eu tinha no braço.

SERGINHO *(rindo quase boca com boca)* — Qual foi a tua desculpa?

GENI — Ah, eu disse que era dele mesmo.

SERGINHO — E o velho acreditou?

GENI — Que remédio?

SERGINHO — Mas você também me morde, me arranha.

GENI — Ah, você não tem ninguém. Não quero que o velho desconfie. Pra quê?

SERGINHO — Sabe que eu fico besta contigo? Parece mentira mas você me trai.

GENI — Não diz isso nem brincando. Não há mulher mais fiel do que eu.

SERGINHO — Você não me trai com meu pai?

GENI *(veemente)* — Isso não é trair. Traído é o velho! De mais a mais, quem é o culpado?

SERGINHO — Ora, Geni.

GENI — Foi você ou não foi? Você quis o casamento. Eu queria fugir. Te disse: — "Vamos fugir." Você não quis. Recusou. E eu topei casar, porque, como tua madrasta, ia ficar junto de ti. Mesmo que a gente brigasse, eu estaria a teu lado, sempre.

SERGINHO  *(frívolo)* — Deixa de conversa! Você não dorme com o velho? Então, eu também posso trair, ora que piada!

GENI  *(já sofrida)* — Serginho, não diz isso nem brincando. Você sabe que eu sou ciumenta. Não nego. *(sem transição)* Que mancha é essa aqui? Esse sangue pisado?

*(Geni examina o dorso nu do rapaz.)*

SERGINHO  — Foi você quem fez!

GENI  — Você está respondendo como eu respondi ao velho!

SERGINHO  — Minha putinha!

GENI  *(vivamente)* — Você teria coragem de me trair?

SERGINHO  *(rindo)* — Nunca!

GENI  — Quem sabe se você não está pensando: — "Eu já traí e a boba não sabe!" Você já me traiu pra burro, aposto! Serginho, eu não quero ser traída!

SERGINHO  — Chorando por quê?

GENI — Olha pra mim. Ultimamente, de vez em quando, eu sinto que teu pensamento está longe, longe. Você olha sem ver. Diz, mas não minta: em que você pensa, se não é em mim? Se você confessar, eu não fico zangada. Quem é a mulher?

SERGINHO — Você!

GENI *(chorosa)* — Mentiroso! *(veemente)* Você nunca me traiu? Nem por dois minutos?

SERGINHO — Nunca!

GENI — Nem beijo? Mesmo sem o resto, eu já considero o beijo uma traição. Tenho ciúmes dos teus beijos. *(num apelo)* Se você me traiu, não beija. *(feroz)* Você beijou outra?

SERGINHO *(sem transição e duro)* — Geni, tenho uma notícia pra te dar.

*(Voz gravada de Geni.)*

GENI *(ansiosa)* — Boa ou má? Já estou com medo. Tenho medo de tudo.

|          | *(querendo ser natural)* Qual é a notícia? |
|---------:|:--|
| SERGINHO | — Vou viajar. |
| GENI | *(atônita)* — Mentira! |
| SERGINHO | — É verdade. E já combinei tudo com papai. Pedi a ele pra guardar segredo. Eu próprio queria te falar. |
| GENI | *(estupefata)* — Serginho, ainda não estou acreditando! *(num crescendo)* Ainda não estou acreditando! |
| SERGINHO | — Paciência! |
| GENI | — Viajar para onde? |
| SERGINHO | — Europa, Estados Unidos. |
| GENI | *(contida)* — Quanto tempo? |
| SERGINHO | — Depende. |
| GENI | — Não! Eu tenho direito de saber! Deve ser uma viagem longa! Seis meses, um ano? *(furiosa)* Eu não fico seis meses, um ano, longe de ti! O que é que você está escondendo de mim? Quero saber o tempo exato. |
| SERGINHO | — Um ano! |

| | |
|---|---|
| GENI | *(como uma possessa)* — Eu não deixo, não admito! Então fujo com você! Vou contigo! |
| SERGINHO | — Geni, eu vou viajar com o dinheiro do velho! |
| GENI | *(desesperada)* — Você está me abandonando! Ficou de bem com o velho e quer me largar! |
| SERGINHO | — Escuta, Geni! |
| GENI | *(chorando)* — Serginho, eu dependo de você. Você é tudo para mim. O amor que eu nunca tive! |
| SERGINHO | — Fala que depois eu falo! |
| GENI | — Sou outra mulher, por sua causa. Eu não prestava. Mudei, você não sente que eu mudei? Te juro! Quer ver uma coisa? Ontem, eu saltei do automóvel e caiu um frasco de perfume que eu tinha acabado de comprar. Então, sem querer, eu disse: — "Merda." Não era nem palavrão. Se você soubesse a vergonha, o remorso que eu tive. Vergonha, remorso, por nós, pelo nosso |

amor. Depois que eu conheci o amor, eu não quero ser prostituta nunca mais, nunca mais!

SERGINHO — Posso falar, Geni?

GENI — Não deixo você viajar! Faço um escândalo! Digo ao teu pai, olha, que você é meu amante! Escracho você. Ou então, se você quer viajar, espera a minha morte. Eu vou morrer cedo. Vai nascer uma ferida no meu seio. Depois da minha morte, você viaja!

SERGINHO — Quero viajar, mas você concordando. Quero que concorde. Ouviu, Geni?

GENI *(chorando)* — Não, não!

SERGINHO *(começa a se exaltar)* — Ouve. Eu preciso viajar. Pra mim, é uma questão de vida ou de morte. Se você gosta de mim. Responde: — você gosta de mim?

GENI *(num soluço)* — Não vivo sem você!

SERGINHO  (*excitadíssimo*) — Então, você tem que consentir. Entende? Eu não aguento mais. Você quer que eu enlouqueça ou meta uma bala na cabeça? Não é passeio. Mas preciso, preciso. (*gritando*) E vê se me entende!

GENI  (*ofegante e incerta*) — Precisa por quê?

SERGINHO  (*desesperado*) — Preciso passar uns meses fora. Em lugares onde ninguém saiba o que me aconteceu, o que aconteceu comigo! Em Paris ou Londres, sei lá, eu sou um sujeito como os outros, igual aos outros. Eu preciso ver gente que não saiba. Que coisa linda passar na rua e ninguém saber de nada! Entende agora? Eu quero me salvar.

GENI  (*espantada*) — Mas você já esqueceu.

SERGINHO  (*com a voz estrangulada*) — Você acha que eu esqueci?

GENI  — Você, até, já comprou uma porção de livros em espanhol!

SERGINHO  *(atônito)* — Você está insinuando o quê?

GENI  *(apavorada)* — Nada, não estou insinuando nada!

SERGINHO  *(triunfante)* — Está vendo, eu não esqueci, você não esqueceu. Você falou nos livros em espanhol, por quê? *(começa a chorar)* Não é só você que chora, eu também choro! Geni, se você me ama — eu sei que você me ama — vai aceitar a viagem! *(soluçando)* Diz pra mim, diz, parte, parte.

*(Serginho cai de joelhos, abraçando Geni. Ela passa a mão na sua cabeça.)*

GENI  — Parte, parte, oh, querido, querido!

*(Escurece. Luz no interior da casa de Geni. Passagem para Patrício que acaba de entrar.)*

PATRÍCIO  — Como é, Geni? Sou eu, Geni!

*(Geni abre a porta do próprio quarto assustada.)*

GENI — Você entrou como?

PATRÍCIO *(maligno)* — Não conhece mais o teu cunhado? *(sem transição, mudando de tom)* Entrei entrando, ora. *(muda de tom, outra vez)* Quando cheguei, essa negra ia saindo, ela e mais outra. Entrei, pronto. Isso aqui é ou não é a casa do meu irmão?

GENI — Bêbado!

PATRÍCIO *(com um riso pesado)* — Você me despreza, hem, Geni? *(fecha o riso)* Não interessa. Quero conversar contigo.

GENI — Ah, meu Deus!

PATRÍCIO *(continuando)* — Bater um papo.

GENI — Herculano não está.

PATRÍCIO *(cínico)* — Eu vim porque sabia que ele está em São Paulo. *(riso surdo)* Geni, tenho uma novidade pra ti, uma bomba!

GENI — Escuta, Patrício, volta amanhã, outro dia. Vai embora! Eu estou com sono.

PATRÍCIO *(melífluo e ameaçador)* — Sono, Geni? *(mais duro)* Vou contar uma que vai tirar o teu sono pro resto de sua vida! *(batendo no peito, com súbita exaltação)* Você não vai dormir nunca mais, nem morta!

GENI *(irada)* — Quer sair da minha casa?

PATRÍCIO — Teu amor partiu, hem?

*(Geni olha instintivamente para os lados.)*

GENI — Cala a boca!

PATRÍCIO — Herculano não está, posso falar. *(sem transição e sôfrego)* Gostei de te ver no aeroporto. Nenhuma lágrima. Herculano chorou. E você?

GENI — Vou dormir.

*(Geni quer voltar para o quarto. Rápido, ele faz a volta e barra-lhe o caminho.)*

PATRÍCIO — Vim aqui pra te contar e você vai ouvir! É uma coisa que interessa a teu amor. *(ri sórdido)* Mas se você não quer eu não conto. Vou-me embora, não conto. *(farsante)* Boa noite, Geni.

*(Fazendo a sua comédia, Patrício dá dois passos. Angústia de Geni.)*

GENI — Está bem. Mas conta logo.

PATRÍCIO *(excitado)* — Sabe que, antes de partir, Serginho me deu uma nota alta, um cheque?

GENI *(embelezada)* — Serginho é bom, tão bom!

PATRÍCIO *(com alegre crueldade)* — Mas não foi por bondade. Ninguém é bom comigo. Foi medo. Eu ameacei de fazer escândalo no aeroporto.

GENI — Você está louco?

PATRÍCIO — Bêbado, sim, louco, não. *(feroz e sem transição)* Louca é você, que não desconfiou de nada. Vou te contar uma e tu vai cair pra trás, dura. *(feroz)* Serginho partiu com o ladrão boliviano!

*(Patrício começa a rir em crescendo.)*

PATRÍCIO — É uma viagem de núpcias com o ladrão boliviano. Vão continuar a lua de mel. Serginho não voltará mais, nunca mais.

*(Geni enche o palco com seus uivos.)*

GENI — Não! Não! Não!

*(A voz de Patrício cresce ainda. Ele berra a maldição final.)*

PATRÍCIO — Hei de ver Herculano morrer! Hei de ver Herculano morto! Com algodão nas narinas e morto!

*(Escurece o palco. Desaparecem todos. Luz sobre a cama sem amor. Pela última vez, ouve-se a voz de Geni gravada.)*

*(Voz gravada de Geni.)*

GENI — Teu filho fugiu, sim, com o ladrão boliviano. Foram no mesmo avião, no mesmo avião. Estou só, vou morrer só. *(num rompante de ódio)* Não quero nome no meu túmulo! Não ponham nada! *(exultante e feroz)* E você, velho corno! Maldito você! Maldito o teu filho, e essa família só de tias. *(num riso de louca)* Lembranças à tia machona! *(num último grito)* Malditos também os meus seios!

*(A voz de Geni se quebra num soluço. Acaba a gravação. Sons de fita invertida. Iluminada apenas a cama vazia.)*

## CAI O PANO, LENTAMENTE, SOBRE O FINAL DO TERCEIRO E ÚLTIMO ATO

# POSFÁCIO

## A VOZ DO POVO EM NELSON

*Renato Rosa**

Os personagens de *Toda nudez será castigada* exibem suas chagas às claras e de modo geral, lancinante. Sofrem, agonizam, vociferam nessa catedral erigida pelo autor, propícia às mais terríveis confissões e acusações; um drama incessante, catártico para quem interpreta e para quem assiste. Mesmo sendo signos de ações encadeadas, cada personagem traz sua própria simbologia, estradas que se cruzam ou bifurcam na direção de suas funções no rendimento cênico, uma esplêndida confecção de nuances psicológicas. O trio central Geni-Herculano-Patrício conduz essa dança de sentimentos exacerbados, reveza-se em atração e repulsa, amor e ódio destilados sem freios em suas figuras extasiantes. Geni, mesmo contaminada pela vida que leva, é a luz de esperança jogada por Patrício — o irmão habilidoso — nas trevas do sofrimento

---

* Ator e dicionarista de arte, participou de uma das primeiras montagens de *Toda nudez será castigada* em Porto Alegre, 1968.

de Herculano. Ela alimenta em seus pensamentos o que ainda lhe resta de sonho e ilusão com a vida amorosa, ingenuidade que persiste até se tornar obsessão pela morte.

Geni narra de um plano espiritual sua desdita à maneira de outros personagens de Nelson, como a Alaíde em *Vestido de noiva*, peça inaugural de sua modernidade, com Madame Clessi, um fantástico diálogo entre seres de séculos diferentes. Entenda-se aí o mote central de toda a obra rodrigueana – continuamente esmiuçada e celebrada – na qual os mortos reaparecem, pontuados como guias de esclarecimentos que "baixam" para o segmento da ação: verdadeiro truque de gênio, recurso solene de um *Deus ex-machina*.

Densa, noturna, pautada pela morte, quase não há luz na obra dramatúrgica de Nelson Rodrigues. Em seu universo, embora os personagens sejam vibráteis, matéria viva com nervos à flor da pele, mostram-se em permanentes conflitos de eterno erotismo em estado puro e as complexas aflições e danações da alma. O ser humano fadado ao sofrimento, ora a uma suposta condenação divina que determinará seu destino, ora submetido à justiça da terra em camadas tormentosas, exposto às mais alucinantes obsessões. O autor é um juiz impiedoso, que condena e absolve, revolvendo fundo a hipocrisia moralista, as reprimidas taras sexuais familiares.

Cada vez mais celebrada, sua obra resiste incólume e como prova cabal de sua genialidade, desde sua primeira criação – embora não aceita de imediato pelo público – na década de 1940, sendo hoje uma das colunas mestras do teatro nacional. Obra recheada de inesquecíveis e definitivos seres da ribalta, a emanar uma força inaudita, a ponto de muitas de suas falas ganharem a boca do povo. Sobrevida garantida por citações correntes como a do "cínico da família" (como se projetava) e escrachado personagem "Patrício", que em *Toda nudez será castigada* decreta a célebre imagem do "óbvio ululante".

O trio exemplar de tias em *Toda nudez será castigada* cumpre o papel de coro grego, pontuando as cenas em cortes rápidos cujo ritmo é dado pelas curtas e diretas intervenções calculadas, hiatos precisos, pontuais, que servem como a deixa de tempo para o talento dos atores tornar pulsante. Relembro minha participação na montagem dessa peça, no longínquo ano de 1968, um período difícil para o país e extremamente vulnerável para a classe artística, que vivia sob a aterradora sombra da ditadura militar que cerceava nossa liberdade de expressão e o direito de ir e vir. Sabidamente um tempo de permanentes intimidações, ameaças concretas de perseguições, sequestros e torturas.

Sim, desde sempre Nelson Rodrigues foi alvo de censuras e proibições. Ao escolhermos *Toda Nudez será castigada*, temíamos por sua liberação pela Censura Federal. Corria-se esse risco e havia também outro desafio, este de foro exclusivamente artístico: o autor teria que autorizar a encenação tratando, pessoalmente, de examinar a ficha técnica, elenco e direção. Nossa produção foi independente e sem recursos. Éramos a fusão de dois grupos teatrais profissionais numa cidade (Porto Alegre) ainda incipiente em matéria de produções com boa qualidade artística. Mas a soma dos grupos "Os Comediantes da Cidade" e "Os Aldeões", resultou no grande escândalo teatral do ano de 1968, e capitalizamos essa repercussão. O que não sabíamos, embora houvesse evidências, é que estávamos às vésperas do cruel AI-5, quando as trevas descram ruidosamente sobre o país.

Direção editorial
*Daniele Cajueiro*

Editora responsável
*Janaína Senna*

Produção editorial
*Adriana Torres*
*Laiane Flores*
*Daniel Dargains*

Revisão
*Guilherme Semionato*
*Jaciara Lima*

Projeto gráfico de miolo e capa
*Sérgio Campante*

Diagramação
*Douglas Kenji Watanabe*

Este livro foi impresso em 2022
para a Nova Fronteira.

Em 1984, Adriano Garib e Ceres Vittori atuam na histórica montagem do Grupo Delta de Teatro para *Toda nudez será castigada*, que chegou a representar o Brasil em festivais nos Estados Unidos, no México e em Portugal. (Acervo Cedoc / Funarte)

Todas as peças de Nelson Rodrigues parecem emergir de um mesmo núcleo, onde se misturam os temas da virgindade, do ciúme, do incesto, do impulso à traição, do nascimento, da morte, da insegurança em tempo de transformação, da fraqueza e da canalhice humanas, tudo situado num clima sempre farsesco, porque a paisagem é a de um tempo desprovido de grandes paixões que não sejam a da posse e da ascensão social e em que a busca de todos é, de certa forma, a venalidade ou o preço de todos os sentimentos.

Nesse quadro vale ressaltar o papel primordial que Nelson atribui às mulheres e sua força, numa sociedade de tradição patriarcal e patrícia como a nossa. Pode-se dizer que em grande parte a "tragédia nacional" que Nelson Rodrigues desenha está contida no destino de suas mulheres, sempre à beira de uma grande transformação redentora, mas sempre retidas ou contidas em seu salto e condenadas a viver a impossibilidade.

Em seu teatro, Nelson Rodrigues temperou o exercício do realismo cru com o da fantasia desabrida, num resultado sempre provocante. Valorizou, ao mesmo tempo, o coloquial da linguagem e a liberdade da imaginação cênica. Enfrentou seus infernos particulares: tendo apoiado o regime de 1964, viu-se na contingência de depois lutar pela libertação de seu filho, feito prisioneiro político. A tudo enfrentou com a coragem e a resignação dos grandes criadores.

lutaram na Guerra da Coreia e depois entraram na Guerra do Vietnã. Houve uma revolução popular malsucedida na Bolívia, em 1952, e uma vitoriosa em Cuba, em 1959. Em 1954 o presidente Getúlio Vargas se suicidou e em 1958 o Brasil ganhou pela primeira vez a Copa do Mundo de futebol. Dois anos depois Brasília era inaugurada e substituía o eterno Rio de Janeiro de Nelson como capital federal. A bossa nova revolucionou a música brasileira, depois a Tropicália, já a partir de 1966.

Quer dizer: quando Nelson Rodrigues começou sua vida de intelectual e escritor, o Brasil era o país do futuro. Quando chegou ao apogeu de sua criatividade, o futuro chegava de modo vertiginoso, nem sempre do modo desejado. No ano de sua morte, 1980, o futuro era um problema, o que nós, das gerações posteriores, herdamos.

Em sua carreira conheceu de tudo: sucesso imediato, censura, indiferença da crítica, até mesmo vaias, como na estreia de *Perdoa-me por me traíres*, em 1957. A crítica fez aproximações do teatro de Nelson Rodrigues com o teatro norte-americano, sobretudo o de Eugene O'Neill, e com o teatro expressionista alemão, como o de Frank Wedekind. Mas o teatro de Nelson era sempre temperado pelo escracho, o deboche, a ironia, a invectiva e até mesmo o ataque pessoal, tão caracteristicamente nacionais. Nelson misturou tempos em mitos, como em *Senhora dos afogados*, em que se fundem citações de Shakespeare com o mito grego de Narciso e o nacional de Moema, nome de uma das personagens da peça e da índia que, apaixonada por Diogo de Albuquerque, o Caramuru, nada atrás de seu navio até se afogar, imortalizada no poema de Santa Rita Durão, "Caramuru".

costumes, dos dramalhões e do alegre teatro musicado que herdara do século XIX.

De certo modo, à parte algumas iniciativas isoladas, foi Nelson Rodrigues quem deu início a esse novo teatro. A representação de *Vestido de noiva*, em 1943, numa montagem dirigida por Ziembinski, diretor polonês refugiado da Segunda Guerra Mundial no Brasil, é considerada o marco zero do nosso modernismo teatral.

Depois da estreia dessa peça, acompanhada pelo autor com apreensão até o final do primeiro ato, seguiram-se outras 16, em trinta anos de produção contínua, até a última, *A serpente*, de 1978. Não poucas vezes teve problemas com a censura, pois suas peças eram consideradas ousadas demais para a época, tanto pela abordagem de temas polêmicos como pelo uso de uma linguagem expressionista que exacerbava imagens e situações extremas.

Além do teatro, Nelson Rodrigues destacou-se no jornalismo como cronista e comentarista esportivo; e também como romancista, escrevendo, sob o pseudônimo de Suzana Flag ou com o próprio nome, obras tidas como sensacionalistas, sendo as mais importantes *Meu destino é pecar*, de 1944, e *Asfalto selvagem*, de 1959.

A produção teatral mais importante de Nelson Rodrigues se situa entre *Vestido de noiva*, de 1943 — um ano após sua estreia, em 1942, com *A mulher sem pecado* —, e 1965, ano da estreia de *Toda nudez será castigada*.

Nesse período, o Brasil saiu da ditadura do Estado Novo, fez uma fugaz experiência democrática de 19 anos e entrou em outro regime autoritário, o da ditadura de 1964. Os Estados Unidos

# SOBRE O AUTOR

## NELSON RODRIGUES E O TEATRO

*Flávio Aguiar**

Nelson Rodrigues nasceu em Recife, em 1912, e morreu no Rio de Janeiro, em 1980. Foi com a família para a então capital federal com sete anos de idade. Ainda adolescente começou a exercer o jornalismo, profissão de seu pai, vivendo em uma cidade que, metáfora do Brasil, crescia e se urbanizava rapidamente. O país deixava de ser predominantemente agrícola e se industrializava de modo vertiginoso em algumas regiões. Os padrões de comportamento mudavam numa velocidade até então desconhecida. O Brasil tornava-se o país do futebol, do jornalismo de massas, e precisava de um novo teatro para espelhá-lo, para além da comédia de

---

* Professor de literatura brasileira da USP. Ganhou o Prêmio Jabuti em 1984, com sua tese de doutorado *A comédia brasileira no teatro de José de Alencar*, e, em 2000, com o romance *Anita*. Atualmente coordena um programa de teatro para escolas da periferia de São Paulo, junto à Secretaria Municipal de Cultura.